DBA

Hanna Nordenhök

Cesárea

Tradução

Fernanda Sarmatz Åkesson

1ª edição

PREPARAÇÃO
Laura Folgueira

REVISÃO
Eloah Pina
Bia Nunes de Sousa

GERENTE EDITORIAL
Luiza Lewkowicz

EDITORA JÚNIOR
Nataly Callai

DIAGRAMAÇÃO
Letícia Pestana

CAPA
Beatriz Dórea (Anna's)

Alameda Franca, 1050, cj 83
01422-001 — São Paulo — SP
www.dbaeditora.com.br

Dados Internacionais de Catalogação na Publicação (cip)
(Câmara Brasileira do Livro, sp, Brasil)

Nordenhök, Hanna
Cesárea / Hanna Nordenhök; tradução Fernanda Sarmatz Åkesson.
1. ed. São Paulo: DBA Editora, 2025.
Título original: Caesaria
ISBN 978-65-5826-123-0
1. Ficção sueca I. Título.
CDD-839.73 25-294997.0

Índices para catálogo sistemático:
1. Ficção : Literatura sueca 839.73
Maria Alice Ferreira - Bibliotecária - CRB-8/7964

Esta tradução foi subsidiada pelo Swedish Arts Council,
ao qual agradecemos.

Para A.P., com amor

Tudo na mulher é adivinha.

Friedrich Nietzsche

Foi quando eu e Bedan estávamos no bosque que entendi que nunca conseguiria ir embora de Lilltuna e da sala com o relógio de parede. Que esse relógio sempre me observaria com seu olhar enviesado. Que eu nunca mais saberia nada sobre a vida além do que aprendera naquele lugar.

Agora, neve.

Durmo com o corpo colado à lareira, apoiei os objetos onde posso vê-los. O frio faz com que o assoalho estale. Ao amanhecer, os animais se aproximam da casa em busca de calor e de comida. Ficam parados no canto do bosque primeiro, depois passam a circular um pouco antes de se mostrarem mais corajosos. Uma manhã nebulosa de pouco sol.

Neve.

O lago também parecia um olho quando eu e Bedan nos aproximamos ao amanhecer, depois da noite que havíamos ido ao bosque. Era como no sonho, porém sem fogo. Final de verão. O olho do lago era cinza e imóvel, emoldurado por diversas espécies de junco, e talvez sempre tivesse nos observado com sua pupila flutuante. A vegetação do outro lado da margem soltava um vapor na luz enevoada. Uma raposa ao longe. Eu vestia calças de sarja, segurava o Cetro, meu corpo estava Envolto e Abrigado. O ar matinal de agosto trazia um aroma de outono. Bedan soltou um gemido. *Só mais um pouquinho*, eu disse, agora implorando. Estendi a mão para ela. Um pássaro gorjeou. Em seguida, o céu se abriu e o ardente círculo solar surgiu por detrás das copas dos pinheiros, dissolvendo suas ramagens em luz. Havíamos chegado. Ainda assim, não tínhamos chegado a lugar nenhum. Eu já sabia. Não tínhamos chegado a lugar nenhum.

Em seguida, amanheceu e vieram nos buscar.

Era meu décimo segundo aniversário.

A primeira coisa que conheci na vida foi Lilltuna, e Lilltuna pertencia ao dr. Eldh.

O padrão das cercas se estendia ao longo da área pantanosa. O voo dos corvos sobre as copas das árvores. O odor de nabo e fezes de gato exalando do porão.

Aprendi a identificar cada prego da parede do celeiro, bem como cada nó dos meus próprios dedos, reconhecia as manchas brancas lunares sobre as tábuas do chão do meu quarto durante as noites claras de inverno. Conhecia o antigo piano de mesa, sentava na banqueta giratória com bordado de cravo, trajava o vestido amarelo de mangas bufantes, tocava polcas e "Für Elise". As teclas já estavam rachadas e cheias de veias como dedos de velho.

Aprendi a conhecê-las de cor e salteado, assim como a banqueta giratória.

Nos banhos de sábado lá na cozinha, quando meu corpo era mergulhado na água quente da banheira, eu ficava sentada imóvel e ereta enquanto trançavam meus cabelos ainda molhados. Lá fora, o infinito dos anoiteceres. Pássaros noturnos trocavam mensagens entre si até eu cair no sono.

A primeira e última coisa que conheci na vida foi Lilltuna. Eu dormia, acordava, brincava com minhas bonecas. Lá fora, estava o bosque. Em algumas ocasiões, uma luz peculiar se espalhava sobre o celeiro e os cercados, raios amarelados sobre um fundo rosa selvagem, para nos lembrar de que Lilltuna era um lugar escolhido e abençoado. Quando os brinquedos quebravam, eu acrescentava novas colunas à minha lista de presentes, que guardava na gavetinha com cadeado da mesa de cabeceira, riscando as velhas antes de entregar a lista ao dr. Eldh, que sempre me trazia novos brinquedos para substituir os avariados.

Depois de nos buscarem no lago naquela manhã, me levaram para a cama e me cobriram com a velha manta de cavalo. Através do lençol de linho, sentia meus joelhos roçarem a manta, meu corpo cheirava ao bosque e a maçãs apodrecidas; eu contemplava as moscas que morriam presas entre os vidros da janela.

No décimo sexto dia acamada, o dr. Eldh veio me visitar.

Ele voltou da cidade em sua carruagem alugada, sentou na poltrona ao pé da minha cama, repousando a ponta dos dedos uma sobre a outra. Os braços da poltrona de vime rangeram sob o peso dos cotovelos dele. O pulsar das veias finas em suas têmporas, a tensão nas mandíbulas subjacentes às nuvens espessas de barba em seu rosto. Eu o observava de olhos semicerrados, minhas pálpebras estavam pesadas e desobedientes, como se o ar do bosque ainda pairasse sobre mim com sua estranha magia, assim como havia acontecido na madrugada ardente em que estive lá acompanhada de Bedan, no limite de tudo. Ele estava decepcionado, o que era bem evidente. Mudava o peso de um pé para o outro. Uma luz avermelhada vinda de fora pairava sobre sua testa alta e inocente. Ouvi o silêncio antes de suas palavras, a ventania lá fora fazendo bater os galhos das árvores contra o vidro da janela. O cheiro do café da ama Fanny nos alcançou desde o andar de baixo. Virei o rosto para a parede, deixando-o começar. Suas palavras eram as mesmas de sempre, mas ele as saboreava como se as convencesse a soarem inesperadas e novas, era a mesma velha história da minha Criação. A testa sob a luz, o leve rangido da poltrona. As palavras como um torrão de açúcar prestes a se desfazer contra o palato. Em seguida, como aquela mulher que teria sido minha mãe viera até ele em busca de ajuda. Como as carruagens tinham resvalado sobre os paralelepípedos na chuva dourada de verão que ricocheteava contra as janelas da maternidade. Que o abdome retesado da mulher esquálida e malvestida, à luz da lamparina a óleo, adquiriu um tom azulado, com sua rede de veias sob a pele esticada, e que, mais tarde, quando já estava morta, o ventre teria o mesmo tom de azul, como uma estranha massa fermentando sobre a maca em plena luz do dia, muito embora já tivesse sido aberto, esvaziado e costurado com pontos fortes feitos de fios de tripa de ovelha.

A luz da chuva, o tilintar dos instrumentos contra as bacias esmaltadas. Depois, contou como me tirou de dentro do útero tal qual alguém arranca uma pérola brilhante de uma ostra.

Um tempo depois, ele me levou para Lilltuna.

Meu quarto quando era pequena em Lilltuna: a casa de bonecas feita de nó de pinho, pintada de azul e sempre fechada, a caixinha de rubi onde eu mantinha pinhas e pedras, tudo aquilo que permaneceria guardado no mesmo lugar por muito tempo depois que eu parasse de brincar. Mariposas noturnas que se amontoavam sobre o vidro fuliginoso do candeeiro de cabeceira. Lá fora nas pastagens, Krantz perambulava, passando por entre as costas nodosas dos animais leiteiros, que reluziam no crepúsculo rosado de Lilltuna, antes que a escuridão da noite os devorasse.

Eu me distraía pulando amarelinha no piso de pedra debaixo das tílias nos fundos da casa, andava de perna de pau, evitando pisar no esterco das vacas no campo, eu tinha três, seis, oito anos. Patinava na pequena pista de gelo que Krantz arranjara para mim antes de o inverno chegar, despejando barris de água sobre o chão coberto de cascalho junto ao celeiro. Eu esperava pelo dr. Eldh, que retornasse da cidade e continuasse a me dar aulas na biblioteca, debruçado sobre a escrivaninha de nogueira, sob o relógio de parede das Índias Orientais. Eu dormia, brincava, aprendia o alfabeto, os modos à mesa, os nomes dos países. Através das paredes, ouvia a ama

Fanny e as outras criadas, vozes claras e afiadas como as asas das pegas. Os estalidos dos passos de Krantz sobre o cascalho, os balidos e gemidos dos animais. O odor de Fanny nas minhas narinas, cada vez mais distante. Lá fora, o repentino silêncio dos pássaros nas árvores, como se a paisagem conseguisse prender a respiração de forma inexplicável.

Eu escrevia minha lista de presentes e sempre ganhava o que pedia.

Em frente à minha janela, os galhos da sorveira cobertos de neve. A sorveira em flor, envergada sob o peso das bagas, vestida com todas as cores de outono. Eu escrevia os números em meu caderno e aperfeiçoava minha caligrafia acomodada à mesinha no meu quarto, meus cabelos eram arranjados em tranças soltas ou enroladas, me colocavam vestidos com avental. Eu já era uma Incurável. Na época ainda não sabia. Depois fiquei sabendo e me tornei uma Envolta.

O crepúsculo substituiu o amanhecer.

Raios de luz que chegavam e desapareciam.

Podíamos ter continuado a caminhada ao redor do lago naquela manhã, Bedan e eu, ir até o olho cinza que se abria entre as árvores e que, de alguma maneira, nos vigiava. Podíamos muito bem ter chegado ao outro lado, lá onde terminavam as fronteiras de Lilltuna. Podíamos ter ido adiante, adentrado a mata, vivido ali, nos alimentado de azedinhas brancas e água do arroio.

O que não fizemos, pois ficamos paradas até que Krantz repentinamente surgiu de entre os abetos junto à beira do lago e soltei a mão de Bedan, deixando que nos levassem de volta.

Talvez fosse verdade que o texugo começara a gritar à noite no lugar de Bedan naquele verão, mas, por alguma razão desconhecida, tinha se calado na última vez em que estivemos no bosque. Nada daquilo que se passara depois do inverno, quando aquele que se autodenominava mestre Valdemar chegou a Lilltuna, teria acontecido se eu não houvesse descoberto a enfermidade nos meus membros, que brotara em algum lugar de meu corpo e se espalhara, até que compreendi que poderia contê-la com faixas bem apertadas.

Aquele que se autodenominava mestre Valdemar adormeceu com seu rosto liso rodeado pelos cachos claros de seus cabelos. Dormiu o mês de fevereiro todo por trás da porta fechada da biblioteca, repousando seu corpo debilitado entre peles de ovelha e travesseiros, na cama de hóspedes colocada sob o relógio de parede. Os olhos verdes ocultos atrás das pálpebras bem fechadas. Fora o próprio dr. Eldh que o trouxera até Lilltuna. Um manto de neve sobre os campos e as pastagens lá fora. As pontas afiadas dos abetos contra um céu acinzentado.

Finalmente chegou a primavera e o mestre despertou de seu sono pesado. Ele se levantou da cama preparada pela ama Fanny, seguindo as ordens do dr. Eldh.

O verão chegou e se foi.

Com o sol de agosto, brilharam os arandos vermelhos e o mestre Valdemar deixou de dormir.

O dr. Henry Alexius Eldh me extraiu à ponta de faca do ventre da esquálida. Depois me levou para Lilltuna. Talvez ele sonhasse em trabalhar em algum lugar onde não fosse importunado, em um consultório distante onde pudesse ficar em paz ou ser perdoado de alguma maneira, pois era, afinal, um pescador de pérolas.

Ele me contava muitas coisas, desde que me lembro ficava sentada junto à escrivaninha na biblioteca do dr. Eldh ouvindo suas histórias. Eu as recebia como um poço no qual se jogam algumas moedas brilhantes, um buraco pelo qual uma palavra pode cair lentamente até a escuridão no fundo.

A biblioteca era parcamente mobiliada, com estantes ao longo das paredes que o doutor nunca havia preenchido. Algumas vezes ele se distraía ao me contar algo, e eu tinha a sensação de que havia se esquecido da minha presença. Mas depois sempre me olhava demonstrando gratidão, com uma expressão de quem acabara de despertar, enquanto a luz do entardecer penetrava pelas janelas altas, tingindo a sala e seu rosto largo de vermelho.

Ele me contava muitas coisas.

Como sobre aquele dia, na cidade, na sala de cirurgia, quando, junto ao leito onde jazia a esquálida, observava seu corpo imóvel e iluminado por um sol ardente que entrava ali. Ele havia se encarregado de lhe ministrar uma lavagem de chá de camomila, seguida de clorofórmio e, ao despertar, um pó tranquilizante. Apesar de todos os esforços, no dia seguinte ela permanecera rígida, morta, seu corpo desnudo sobre a cama, com aquele tom azulado à luz do sol. Enquanto isso, havia parado de chover.

A história de como cheguei ao mundo me foi contada pelo dr. Eldh muitas vezes. Ele costumava contá-la nos meus aniversários, no Natal, e eu guardava suas palavras na cabeça ou as anotava no caderninho que ele me trouxera de presente da cidade. Ele gostava de voltar aos detalhes, como aquele em que a esquálida, recém-chegada ao hospital, balançava-se violentamente na maca durante o exame inicial. Seus olhos eram azul-claros, quase aguados, com salpicados amarelos em volta das pupilas muito dilatadas. Durante quase todo o exame, ela gemia ou se mantinha calada em resposta às perguntas dele, enquanto a chuva tamborilava nas janelas da instituição. Havia perdido a voz depois de tanto gritar, nos dias anteriores ao meu nascimento. Não era só franzina e magra, mas tinha má formação pélvica, e já no começo do processo foi preciso descartar a ideia inicial de me extrair a fórceps, a incisão parecia inevitável. Como o dr. Eldh não tinha experiência com esse tipo de cirurgia, havia consultado toda a literatura a respeito. Ordenou que fervessem as esponjas e que providenciassem cubos de gelo, chamou um mensageiro e mandou buscar seus colegas médicos e estudantes da Faculdade de Medicina. Em seguida, informou a paciente sobre as medidas de que dispunha diante do problema pélvico que se apresentava: cirurgia ou extração do feto com instrumentos afiados. O olhar da esquálida deslizou sobre as paredes da sala e o grupo crescente de espectadores ali reunidos. Amarelo filtrado em água. Aceitou a incisão. Durante a anestesia, debatia-se de um lado para o outro, o que dificultava a abertura de seu ventre, porém o útero pôde ser controlado e a queda dos intestinos foi evitada graças às mãos firmes de dois estudantes de medicina que assistiam o doutor.

Em seguida, o doutor separou o útero já visível, com vários cortes menores, o que imediatamente fez com que saíssem jatos de sangue do tamanho de uma pena de ganso.

Nesse momento, a paciente anestesiada sofreu uma poderosa contração uterina, e os assistentes tiveram que pressionar as esponjas contra seu interior para evitar uma hemorragia, pois o sangue brotava insistentemente de seu corpo. Ao cessar das contrações, o doutor abriu o útero, e a criatura imóvel coberta de vérnix foi liberada do corpo da mãe para que fosse, em seguida, reavivada através de respiração boca a boca e compressas de água fria.

Durante as primeiras horas do dia seguinte, a esquálida permaneceu completamente acordada em seu leito e com o ventre aberto. Recebeu três doses de esporão-do-centeio e depois um caldo com aguardente, uma solução de cloreto férrico foi inserida na placenta, seguida de um bloco de gelo para fazer com que o útero se fechasse. Seu olhar azul-claro continuou a deslizar pela sala. Fui levada para junto dela, para que me conhecesse, porém a esquálida revelou uma expressão desdenhosa e incompreensível. Recebeu mais medicamento em pó. Fecharam o corte com suturas resistentes, mas durante o dia ela passou a ter transtornos estomacais crescentes, provavelmente devido ao clorofórmio ou à sua situação emocional.

Era o mês de agosto entrando em setembro, fortes chuvas de verão caíam quase sem trégua durante dias, fazendo os prédios cor de pêssego diante do hospital brilharem como ouro. O dr. Eldh tinha a escrivaninha junto a uma das janelas de frente para a rua e, sobre a mesa, havia três retratos ovalados das filhas e da esposa morta, todas as três sorrindo de lábios fechados sob chapéus de palha de aba baixa, com a borda enfeitada de fita de seda preta. Passado um tempo, ele levaria os retratos a Lilltuna, além de alguns objetos de escritório e tudo o mais que precisava ter consigo, e os acomodaria no aparador da biblioteca sob o relógio de parede. Desde então, passariam a me observar por trás de seus vidros arredondados a cada lição que me era dada. Antes disso, ele escreveria em seu escritório no hospital toda a história da operação em um relatório para a Faculdade Real de Saúde. Tinha se encarregado de que levassem o corpo da morta para fazer autópsia e, depois, de que a bacia estreita dela fosse medida, pesada, esterilizada, classificada e incorporada à coleção de esqueletos patológicos da universidade. Um tempo depois, ele levaria um pedaço do osso pélvico para Lilltuna, assim como fizera com os retratos ovalados. O doutor me disse que o tirara da coleção para contemplá-lo mais de perto enquanto trabalhava em algum relatório importante, entretanto nunca mais o devolvera. O pedaço de osso permaneceu em Lilltuna, trancado na gaveta direita da escrivaninha de nogueira, em sua embalagem de papel e com uma etiqueta marcada com o número 38.

Eu costumava imaginar que ele, depois de minha chegada neste mundo, havia parado em frente ao pequeno espelho no vestíbulo do hospital, admirando seu rosto arredondado e um tanto infantil. Entre as primeiras cesarianas executadas e registradas, inclusive as que chegaram até ele por meio de boatos, ele mais tarde buscaria sinais de que meu nascimento estava entre os mais extraordinários. Talvez, em frente ao espelho, ele passasse a mão sobre o crânio um tanto calvo, encarando o próprio olhar. Talvez tenha descoberto na gola da camisa uma gota de sangue proveniente da cirurgia feita na noite anterior, mas sem se importar, porque a camisa estava engomada e limpa. Assim sendo, colocou a cartola na cabeça, saiu do prédio e andou os poucos metros que o separavam da Mansão Eldh ou da Sociedade Científica, localizada a algumas quadras dali.

Eu pensava com frequência em como seria a vida do doutor lá na cidade, imaginando como o céu mudaria de aparência por cima dos telhados enquanto ele voltava para casa do trabalho no hospital ou das reuniões da Sociedade. Imaginava como se moviam suas duas filhas, em seus quartos, por trás das paredes, das janelas e das tapeçarias da residência. Pensava em como seria o rosto delas, de que cor seriam os olhos e o cabelo. Aprendi desde cedo o que podia ou não lhe perguntar; se fizesse a pergunta certa, ele sempre me respondia.

Para que serve o esqueleto das pessoas, dr. Eldh?, perguntei.

O esqueleto é a construção sólida que nos mantém retos e erguidos, ele respondeu.

Como as pessoas dormem e comem na cidade, dr. Eldh?

Elas dormem em camas estreitas e se alimentam muito mal, vivem em casas empilhadas umas sobre as outras, como se fossem caixotes, ele respondeu.

Mas como é possível que o corpo humano possa ser aberto e depois fechado novamente?

É possível com a ajuda de instrumentos elaborados para servir à precisão científica, foi a resposta que me deu.

Ele me contava muitas coisas, várias vezes repetia as mesmas histórias com algumas pequenas variações e novas ênfases. De quando ele impediu que os funcionários do orfanato, que se apresentaram ao hospital no dia seguinte ao meu nascimento, me levassem embora e me colocou sob sua proteção, tomando responsabilidade pela minha criação; de quando comprou uma casa de verão, onde eu seria muito bem cuidada e adequadamente educada. Era uma casa grande de fachada branca, sob o choupo imenso e frondoso, além das tílias, aveleiras e sorveiras. Mais abaixo havia um campo e um jardim inglês com arcos e caminhos ladrilhados, com um gazebo hexagonal de telhado de cobre, rodeado de cerejeiras, amieiros e pereiras. Ao fundo, celeiros, outras dependências, um poço, casa para os empregados e o galpão para a antiga calandra: a vegetação do jardim crescia rápido e encobria tudo de ervas-daninhas de modo incontrolável. Ele me contou que havia se apaixonado prontamente por aquela casa caiada, que o sol do crepúsculo coloria de amarelo vibrante, e que ficava sentado no gazebo à noite, com o corpo enrolado em cobertores e lendo, enquanto os cervos se moviam em bando pelo jardim. Lá em cima no quarto dormia a criança que eu era, com as pequenas pálpebras estremecendo, no refúgio de seu próprio sono. A casa ficava isolada atrás de um terreno pantanoso que escarpava a paisagem até onde começava o bosque. A pequena estrada privada serpenteava um trecho ao longo das pradarias antes de terminar abruptamente na crista da colina. Da casa principal não se avistavam os declives do outro lado da colina, onde havia algumas fazendas e pradarias, além de estradas que atravessavam campos e chegavam até cidades e vilarejos ao longe. Em um trecho mais abaixo no bosque, havia um lago aonde ninguém ia, apesar de ter uma tábua de lavar roupa fixa e uma canoa afundada presa a um dos pilares. Do outro lado do lago, terminavam os domínios de Lilltuna, e um novo bosque se estendia mais além da comarca.

A residência ficava a duas horas de distância de carruagem da cidade. O doutor sentava em seu interior com a capota levantada e aproveitava o tempo para escrever relatórios sobre seus pacientes e alocuções para as reuniões da Sociedade. Fora da carruagem, passavam os bosques e as pradarias, sob uma luz rosada e pálida. Ele havia contratado uma ama para os afazeres domésticos e para cuidar de mim, além de um peão para os serviços do campo e, mais adiante, algumas criadas que iam e vinham ou ficavam sentadas na cozinha de serviço comendo mingau, olhando para ele com olhos aguados sob a touca do uniforme. Os olhares curiosos e os rumores que circulavam pela cidade fizeram com que ele fosse mais cuidadoso na escolha das criadas dali em diante. A fazenda também deveria ser autossustentável, dispondo de vacas, ovelhas e galinhas e, por essa razão, precisava de mãos prontas para o trabalho pesado. Compras mínimas na cidade para não despertar a curiosidade alheia. Quando ele descia da carruagem em frente à porta principal, sempre o esperavam a ama e a menina, que imediatamente ia ao encontro dele com passos cambaleantes.

Eu tinha olhos dourados, um cabelo castanho como argila sedosa, minhas palmas abertas eram cor-de-rosa pálido. Ele talvez desejasse ter um lugar especial onde pudesse guardar uma pérola. Afinal, ele não havia salvado a criança de uma vida na sarjeta? Sim, havia. Lá fora, o mundo era escuro e distorcido. Os orfanatos estavam lotados, e as meninas morriam de fome e se tornavam feias, imprudentes e corroídas pela depravação das ruas. Ele queria me proteger, me disse. Assim, acabou ficando comigo.

Três nomes eu recebi: Henrietta Alexia Cesárea. Os dois primeiros vieram dele, e o último, do corte que me arrancou da escuridão.

E depois fugi para o bosque, o que foi uma grande decepção.

Quando eu era pequena, costumava me perguntar por que o dr. Eldh me mantinha em Lilltuna e ele tentava me explicar da melhor maneira possível. Agora, já não pergunto mais.

Durante suas visitas, muitas vezes ele me levava de carruagem pelos arredores para que eu apanhasse ar fresco. Ajustava o pincenê dourado sobre o nariz e lia para mim em voz alta *A flora*, para que eu aprendesse a reconhecer plantas e animais. Os cocheiros que trazia da cidade nunca eram os mesmos, jamais se viravam para trás. Eu ficava observando os movimentos dos ombros deles sob os casacos ou as camisas ao controlar as rédeas. Os céus de verão eram azuis, rosados e brancos. O doutor ficava sentado com o livro aberto sobre os joelhos no banco ao meu lado. A luz brilhante do sol caía sobre seu rosto amplo, as costeletas cinza faziam sombras semelhantes a garras sobre a gola do casaco dele. Eu poderia estender a mão e tocar aquela testa alta e confiável. Repetia os nomes das diferentes partes das plantas e estudava as ilustrações do livro, enquanto o doutor cochilava sob o chapéu e eu deixava a brisa assoprar meu rosto. Do bosque do outro lado da vala, vinha um cheiro adocicado de flores em putrefação e cervos mortos. Acontecia de vermos pessoas à distância, crianças sobre as cercas de madeira, carroças carregadas de feno. Então, o doutor dava umas batidinhas no cocheiro com seu bastão e dávamos meia-volta.

Imagino que o dr. Eldh achasse que nada nunca mudaria em Lilltuna. As nuvens que passavam por cima das cerejeiras, as vacas no pasto, os carneiros no curral, a criança que eu era, dormindo ou brincando no quarto que ele mandara decorar no andar de cima da casa de fachada branca.

Ele ia e voltava com frequência, deixava o capote sobre a poltrona, sentando de frente para mim junto à escrivaninha de nogueira sob o relógio de parede, com os livros espalhados sobre a mesa. O doutor me deixava ficar deitada sobre o tapete persa, desenhando com o lápis de carvão nos papéis de rosa que me trazia da cidade, e aproveitava para trabalhar com a luz do lampião até anoitecer, a pequena chama por trás do vidro esverdeado começava a oscilar antes de se apagar por completo.

Eu costumava perguntar a ele sobre as coisas que nunca tinha visto.

O que são paralelepípedos, dr. Eldh?, perguntei.

São pedras colocadas como apoio para as carruagens e os animais de tração, assim como para os pés das pessoas, respondeu ele.

Como se iluminam as lamparinas na cidade, dr. Eldh?, continuei perguntando.

Como os vagalumes na escuridão, respondeu.

Eu sempre anotava as palavras desconhecidas nos cadernos que ele trazia para Lilltuna, registrava cada palavra nova e, quando já havia repetido o suficiente para guardá-las na memória, eu as riscava uma a uma e os conhecimentos que o doutor me transmitia se integravam a mim. Ficava sentada na cadeira de frente para ele do outro lado da mesa, eu era uma pérola ou um poço. Um tesouro, um abismo.

Acontecia de ouvir a voz dele dentro da minha mente à noite, ao me deitar na cama, se misturando com a da ama Fanny quando lia sobre o Nosso Senhor Jesus Cristo para mim. A voz na minha cabeça era clara e penetrante, como se vinda de um lugar longínquo, e tinha o timbre do dr. Eldh.

O lago não tinha me parecido tão distante naquela noite de verão quando estive no bosque com Bedan. As criaturas que se movimentavam ao nosso redor na escuridão eram animaizinhos de pelagem com cheiro azedo, sibilavam sobre as ervas-daninhas junto aos nossos pés. Eu era a Enfaixada, segurava o Cetro durante todo o caminho, mesmo que quase o tenha perdido. Foi nesse pântano, no fim da colina, que Bedan caiu e ficou deitada sem querer levantar. Fui obrigada a puxar-lhe os braços e as roupas, para levá-la comigo. Então, repetia para mim mesma a última instrução:

"O sinal que surgiu no céu foi uma mulher vestida de sol, berrando com as dores do parto. Então, veio o dragão e, com sua cauda de fogo, arrastou metade das estrelas enquanto parava em frente à mulher que paria, com o fim de devorar a criança prestes a nascer. O dragão escarlate era o chamado Diabo, aquele que enganava todo mundo. Os anjos o combaterão e a criança virá para pastorear o rebanho com seu cetro de ouro e depois será levada para o reino dos céus."

As noites em Lilltuna quando criança: as sombras estremecidas dos insetos no teto do meu quarto, passando sobre o vidro da lamparina ao lado da minha cama. O mugido das vacas no estábulo nas noites de lua cheia. Eu me acomodava na cama chamando pela ama Fanny, me encostava na cabeceira e mascava as mangas da camisola até ficarem ensopadas, ou andava pelo quarto, chamando por ela, não me calava até que escutasse seus passos na escada e ela aparecesse com os cabelos brancos enfiados na touca de dormir. Seu rosto magro estava enrugado de sono e parecia pálido sob a luz da pequena lamparina, e seus dedos manchados de querosene quando me levava de volta para o leito. Eu tirava uma mecha de seu cabelo de dentro da touca e a enrolava no meu dedo, encostava a testa no peito dela, que cheirava a pele, nabo e lavanda. Isso foi antes de ela passar a demorar a atender aos meus chamados e, quando finalmente vinha, sentava longe da cama na poltrona de vime, me mandando de volta a cada vez que me levantava. Então, eu ficava deitada implorando para que segurasse minhas mãos até eu adormecer; sentada na poltrona, ela fechava a cara e lia algum trecho da Bíblia Sagrada para sufocar minha voz. Escolhia especialmente as passagens sobre a Besta, o soar das trombetas e o

Cordeiro de Deus, o lago de fogo e enxofre, onde a companhia dos anjos destruirá o Tentador.

Parei de lhe implorar, parei de lhe chamar, parei de aguardar o som de seus passos na escada. Uma vez, quando desci e me deitei até o amanhecer junto à porta fechada de seu quarto na cozinha, escutei-a andando lá dentro entre suas coisas. Deixei meu corpo ficar pesado, pressionando-o contra a porta, para que ela não a conseguisse abrir. Apesar das tentativas, ela foi obrigada a chamar por Krantz, para ele me tirar dali. A luz do luar passeava sobre o quarto e as vacas estavam caladas. Em algumas ocasiões em que a escuridão da noite oprimia minhas pálpebras como um véu maligno, eu piscava e fechava bem os olhos, para não deixar as trevas entrarem. Às vezes achava que a escuridão podia ser cortada com uma tesoura e essa imagem me deixava, imediatamente, amedrontada. Imaginava que, da escuridão, surgiriam formas e criaturas de bordas e contornos recortados pela minha própria mão e que, em seguida, estenderiam seus longos membros e me envolveriam, como se fossem braços humanos ou estranhas faixas de pura treva. Cerrava bem as pálpebras e não chamava mais pela ama Fanny. Afinal, sempre acabava amanhecendo e o feixe estreito de luz iluminava o quarto, mandando a noite embora. Deixava Fanny me botar nos vestidos de lã pela manhã, trançar meus cabelos atrás da cabeça e prendê-los com um laço cor-de-rosa. No fim do dia, eu sentava ao piano e tocava para ela o salmo sobre o reconfortante nome de Jesus e uma canção religiosa sobre um menino carvoeiro. Deixei de pensar em seu cheiro de pele e lavanda. Eu me distraía contemplando as árvores lá fora, arqueadas pelo peso da neve. Contava os dejetos deixados pelas moscas nos vidros da janela, enquanto a luz do sol penetrava no meu quarto, trazendo a primavera de volta. Assim que eu ouvia a carruagem se aproximar, corria pela casa com meus sapatos brancos de verão para dar as boas-vindas ao dr. Eldh.

Frequentemente ele lia um trecho de sua obra para mim:

Embora, desde os tempos mais remotos, o útero tenha sido considerado o ponto de partida de um conjunto de enfermidades vagas e múltiplas manifestações de atividades neurológicas perturbadas, porém bem conhecidas pelo nome comum de histeria, o órgão em si continua sendo, em muitos sentidos, um verdadeiro mistério. Sua influência no resto do organismo, assim como suas mudanças mórbidas, segue desafiando, em determinado grau, até as investigações mais aprofundadas...

Ele sentava à escrivaninha de nogueira sob o relógio de parede acompanhado de uma xícara fumegante de chá de camomila e um prato com pretzels açucarados que a ama Fanny lhe preparava. Seu rosto amplo se iluminava ou se assombreava, dependendo se estava satisfeito ou não com os textos. Quando terminávamos as aulas, sempre me dava uma palmadinha na cabeça, puxava minha trança e apanhava um caramelo do saco de papel guardado no bolso do jaleco. Eu ficava sentada na frente dele, escrevendo nos meus cadernos, deixando o olhar deslizar ao longo dos entalhes dourados do relógio na parede e do pequeno pêndulo dentro da redoma de vidro. No centro da esfera, avistava-se o ponto preto do infinito. Ao lado de fora da janela, muitas vezes eu via os cocheiros que tinham trazido o doutor até Lilltuna andando entre as árvores nos fundos da casa; eram sempre novos funcionários. Em determinados momentos, imaginava que nossos olhares se encontrariam através das janelas altas, mas, como o sol era muito forte, nunca me enxergavam escondida ali dentro, na penumbra do escritório.

Os meus primeiros anos em Llltuna foram assim: eu me acomodava entre a vegetação descuidada no jardim inglês e comia as bagas arrancadas diretamente dos arbustos até que meu vestido e minha mão ficassem escurecidos pelo suco avermelhado. Aprendi a andar muito cedo. Caía, subia, corria, então me prendiam a uma corda comprida, que Krantz e a ama Fanny se revezavam em cuidar, para que não me perdesse pelo jardim. Entre os arcos e as pedras do pavimento coberto de musgo, cresciam árvores frutíferas que ninguém podava, e seus galhos ficavam cada vez mais nodosos. Eu subia no telhado do gazebo sem usar escada, via as nuvens passarem apressadas e o céu se abrindo, deixava a corda se arrastar atrás de mim sobre as ervas-daninhas, botava a língua para fora a fim de apanhar a chuva reluzente e perolada até meu rosto ficar dolorido com as gotas e o laço no cabelo se desfazer. Krantz sempre me tirava do telhado, me levava de volta de todos os recantos e esconderijos do jardim. Às vezes a corda se prendia nos arbustos mais densos ou eu adormecia debaixo das árvores mais frondosas. Depois, quando voltava para a casa, estendia as mãos para que Fanny me golpeasse com a pequena vara que carregava junto ao molho de chaves preso à cintura.

Após o castigo, eu sentava na varanda envidraçada com uma jarra de leite quente à minha frente e via chegar o anoitecer. Azul-claro que se transformava em escarlate e em preto. Do jardim emanava um cheiro de murta e damasco apodrecido. À noite, recostada na cama, continuava a observar a mancha de umidade que se desenhava junto à cabeceira sobre o papel de parede de orquídeas, enquanto Fanny, sentada em sua poltrona, lia histórias sobre os anjos, o Cordeiro e os dragões de fogo. Eu sempre fingia que estava dormindo quando ela se levantava, abria o armarinho verde de guardar o penico e recolhia seu conteúdo para descartar. A luz do crepúsculo se fazia cada vez mais fina no horizonte, até que o sono me envolvia.

Descobri o primeiro sinal da enfermidade em meus membros durante o verão. Como de costume, estava parada à escada com a ama Fanny para receber a carruagem do doutor que chegava da cidade e sorri de boca fechada para que o odor daquilo que era novo não se revelasse. O dr. Eldh estava com o rosto corado quando desceu da carruagem, tinha muito a contar. Trazia os braços cheios de brinquedos e um novo vestido azul-claro de imitação de seda para meus recitais de piano. Ele me dirigiu um olhar vagamente inquisitivo enquanto eu puxava a gola de marinheiro da blusa, que me incomodava no pescoço, e então foi para a biblioteca e começou a trabalhar sob o relógio de parede.

Foi só à noite que mandou me chamar. Recostou-se em sua poltrona como de costume e, examinando-me com seu olhar por cima do pincenê, assim leu:

Durante o extravasamento mensal, ocorre o dilatamento uterino, dando uma textura rugosa e porosa ao órgão, sem que ocorra cultivo algum dos elementos do tecido. A membrana se adensa, em certas ocasiões pode chegar a medir entre 5-7 centímetros de diâmetro: torna-se frouxa e esponjosa, formando pregas grandes e protuberantes. As glândulas, que se alargam e se expandem, armazenam uma substância mucosa e abundante. As células epiteliais do corpo uterino são eliminadas em grande quantidade, até que a membrana perca sua aparência escorregadia e se mostre áspera e irregular. Os vasos sanguíneos se dilatam e são distendidos pelo sangue, fazendo surgir subitamente pequenos escapes, de modo que a mucosidade expelida se torne avermelhada. Logo adiante, o fluxo sanguíneo aumenta cada vez mais, causando inúmeras rupturas de vasos, muitas vezes dando vazão a um sangramento bastante considerável: então a mulher converte-se em um organismo que está sempre atacando a si mesmo. Ela é, por assim dizer, sua própria invasão, necessitando com urgência que a medicina a salve e a alivie, da mesma maneira que as atividades musicais e estéticas podem aliviar uma mente perturbada.

Durante suas visitas, o doutor sempre me trazia alguma guloseima da cidade. Tirava do bolso do casaco os torrões de açúcar de cor âmbar, que guardava em um saquinho de papel. Outras vezes eram ameixas secas ou bombons de marzipã. Sentava à escrivaninha para escrever nos meus cadernos com a pena de ganso apertada entre os dedos pegajosos de açúcar e a língua levemente entorpecida pelos doces, sentindo a aspereza dos meus dentes. Antes disso, como de costume, ele descia da carruagem com a cartola debaixo do braço, e eu sempre aparecia nas escadarias da frente para recebê-lo, pois seu rosto sempre se iluminava ao me ver. Quando ele estendia a mão para me fazer um carinho na cabeça, o saquinho de balas fazia ruídos no bolso do casaco. As nuvens de barba envolviam seu rosto.

Ele entrava e se acomodava sob o relógio de parede, atirando o casaco sobre o braço da poltrona e desatando as botas. Tirava a camisa para fora do colete e se recostava, confortável. Papéis e rascunhos manuscritos empilhavam-se em maços grossos entulhados nas prateleiras. Ele vinha a fim de me dar aulas, a fim de poder trabalhar em paz durante alguns dias ou ler para mim as anotações e os ensaios que escrevia para o futuro. Algumas vezes, vinha somente para tirar um cochilo na otomana da biblioteca, ao som do canto dos melros e do sussurro do vento que corria entre as aveleiras ao lado de fora. Os raios de sol ondulavam lentamente em seu rosto adormecido. Quando chegava a hora do almoço, éramos avisados por Fanny pela pequena campainha prateada que ela guardava na prateleira da cozinha e que só tocava quando o doutor estava de visita. A comida era, então, servida na sala de jantar. Eram as únicas ocasiões em que me permitiam comer ali. Quando o doutor ia embora de Lilltuna, me mandavam voltar para a cozinha, onde eu fazia as refeições à mesa longa, acompanhada por Fanny, Krantz e as criadas. A cada vez que o doutor chegava de carruagem, outra vez me oferecia os torrões de açúcar, eu sentava na biblioteca ou deitava no enorme tapete, desenhando cavalos sobre os papéis perfumados que ele me trazia da cidade. Mais tarde, nos acomodávamos juntos para as refeições à mesa rústica e rachada na sala de jantar. O doutor desabotoava, então, seu colete de seda amarelo, passando as mãos sobre seu engordurado penteado de leão. Em seguida, servia-se de frango e nabos ou de vitela, tudo em silêncio, enquanto caía o crepúsculo. Quando deixava os talheres de lado, era minha vez. Eu sentava na banqueta do piano, pois não havia cadeiras suficientes na sala de jantar. Lilltuna era parcamente mobiliada, a maioria dos móveis dos aposentos tinha sido deixada ali pelo proprietário anterior, que levara uma vida imprudente, vendendo grande parte das terras da propriedade, assim como objetos, mobília e, por último, a própria Lilltuna inteira para o dr. Eldh. O relógio de parede das Índias era uma cópia falsificada e acabou permanecendo em seu lugar de origem. Nas paredes empapeladas no andar inferior, ainda resplandeciam os espaços vazios deixados pelos quadros vendidos. Às vezes eu imaginava paisagens sobre as paredes, retratos de pessoas e lugares que eu nunca havia visto. Sempre guardava um pedaço do torrão de açúcar no bolso de meu avental depois da visita do doutor. Quando ele já tinha ido embora, eu apanhava o torrão novamente, lambendo para retirar os pelos do bolso, e, sentada na janela do quarto, segurava o doce contra a luz do sol e contemplava com os olhos semicerrados as pequenas bolhas e irregularidades no interior daquela massa amarela cristalizada.

Quando o doutor avisava que estava para chegar, Fanny sempre corria até o celeiro ou o jardim para me buscar e me lavar. Se não havia muito tempo, contentava-se em me botar na tina com água fria na cozinha enquanto Krantz entrava e saía com baldes de água trazidos do poço. Fanny esfregava meu pescoço e minhas orelhas com a escova, umedecia as toalhas de linho e friccionava cada dobra do meu rosto, pressionava o dedo sobre minhas pálpebras para tirar a sujeira e a remela do canto dos olhos. Levantava meu lábio superior, passando a ponta do pano nos meus dentes. Eu a ajudava com o lábio, para que ela alcançasse tudo, erguia o queixo para que limpasse a cavidade do pescoço, deixava as mãos paradas dentro da água tempo suficiente para que a sujeira das cutículas se dissolvesse. Acontecia de ela passar o dorso da mão nas minhas bochechas ao me lavar, como se secasse um choro invisível do rosto. Quando o dr. Eldh estava na cidade, ela me permitia andar descalça ou de tamanco de madeira pelas pastagens, mas, se eu descuidasse das mãos, castigava-me com a vara de vime. Quando a carruagem, às vezes sem avisar, aparecia entre as árvores, ela corria pelo jardim, trazendo um par de meias novas e os sapatos pretos de verniz, e me obrigava a enfiar meus pés encardidos neles, atando-os com dois laços bem firmes, antes de corrermos de mãos dadas até as escadarias em frente à casa. Enquanto a carruagem fazia a volta no pátio, eu já olhava de soslaio para a outra cara que ela agora fazia: a reservada para o dr. Eldh.

Nos meus aniversários, o doutor costumava ler para mim algum trecho do relatório antigo e gasto da Faculdade de Saúde:

Embora eu houvesse, nos últimos dois anos, realizado minhas primeiras duas ovariectomias com sucesso, não estava completamente habituado a cirurgias no interior da cavidade peritonal, devo confessar; portanto, não era sem preocupação que empreendia essa arriscada intervenção, da qual tinha conhecimento somente por meio dos livros. A mulher, uma criada de pequeno porte e esquálida, porém com uma constituição óssea sem defeitos à primeira vista, fora uma má formação pélvica, declarou que nunca tivera problemas de saúde e que sentira os movimentos fetais pela primeira vez no mês de abril. Seu pulso era regular, uns 80 batimentos por minuto. Como, então, explicar o sangramento persistente oriundo da placenta e a excessiva produção de gases que, após a intervenção, desafiaram todos os nossos esforços e que aumentavam sem parar, até o ventre inchar como um balão e essa pressão causar a morte da paciente? Em determinado momento, senti-me tentado a perfurar o estômago, onde podia-se perceber o redemoinho estendido dos intestinos. Supostamente segue ainda aberta a pergunta de como as flatulências podem se mostrar em estados similares: de onde veio o inchaço do hipocôndrio e os gases sonoros da mulher de personalidade histriônica, e qual é a causa de certos efeitos da mente serem acompanhados pela produção de gases.

Trinta horas depois da incisão, a paciente começou a cair em inconsciência, perecendo por asfixia às quatro horas da manhã. O feto, uma menina bem formada, que depois de sua saída foi separada do cordão umbilical e na sequência batizada no local, parecia saudável, mesmo que extremamente pequena, de membros finos e muito parecida com a mãe.

Quando Bedan chegou a Lilltuna, aquele que se autodenominava mestre Valdemar havia dormido por vários meses sob o relógio de parede. Chegara durante o inverno e se instalara na biblioteca do dr. Eldh, que era o aposento mais quente. Ele tinha sido tirado da carroça e levado por Krantz e o doutor até a cama de hóspedes, arranjada junto à lareira. O mestre logo adormeceu por trás da porta fechada da biblioteca, sem despertar durante três tempestades de neve. Lá fora, Krantz andava com a pá pelos pastos cobertos de neve, cada vez mais distantes. A luz leve e amarelada de inverno. Os dedos pontiagudos e pretos das árvores. A primavera se aproximava definitivamente e logo chegaria o verão, aquele com o mestre Valdemar em Lilltuna.

Levaria um bom tempo até que percebesse a presença de Bedan, já que ele, até então, tinha outros pensamentos com os quais se ocupar. Um dia, sentado ao sol do início do verão, acompanhado pelo dr. Eldh, bebericando o chá da tarde, ele a descobriu. Ela vinha descendo a colina, levando água para os animais. O rosto do mestre, um tanto abatido, destacava-se entre seus cachos claros. Ao vislumbrá-la, ficou com a xícara de chá parada no ar.

*

Quando eu era pequena, havia vezes que a ama Fanny e Krantz me levavam até o laguinho no bosque para que eu tomasse banho. Krantz me botava no carrinho de mão e íamos através do bosque pelo caminho pedregoso. Foi antes que houvessem empregado Hulda e Gustava, na época em que as duas irmãs de cabelo preto, vindas de Estocolmo, trabalhavam na cozinha com Fanny e ajudavam Krantz na ordenha ao amanhecer, quando o dia era somente uma pontinha cinzenta sobre as copas das árvores. As duas irmãs eram mancas, porém cada qual com a perna oposta da outra, e demasiadamente parecidas, sendo que uma costumava usar um avental azul e a outra, um marrom. Tinha vezes que trocavam os aventais para confundir a ama Fanny. Outras vezes sentavam debaixo das tílias nos fundos da casa, fazendo carinho uma na outra, entrelaçando os cabelos numa única trança; em seguida me permitiam tocar essa cobra comprida e preta que caía e serpenteava pela grama. Nunca fiquei sabendo como se chamavam.

Fanny simplesmente as chamava de Uma e Outra ou de Elas. Às vezes penso que, se tivesse permanecido na cidade naquela época e nunca tivesse sido levada para Lilltuna pelo dr. Eldh, ganhando o nome e sobrenome dele depois da incisão que salvou minha vida, poderia ter um nome parecido com o delas. Frida ou Gunn. Karlotta ou Elin.

De vez em quando as cabeleiras pretas vinham me visitar na minha alcova no meio da noite, subiam a escada pé ante pé, apesar de mancarem, sem despertar Fanny no seu quarto. A porta rangia levemente, elas sentavam na cama perto de mim, me consolavam beijando as lágrimas que escorriam pelo meu rosto e permitiam que eu apoiasse a cabeça no colo delas enquanto me acariciavam os cabelos com seus dedos encardidos até que eu caísse no sono. Quando amanhecia já não estavam ali comigo e, ao descer até a cozinha, eu já as encontrava trabalhando como de costume com a massa de pão ou limpando o peixe. Sorriam para mim com o rosto manchado de cinzas e poeira.

Elas também gostavam do lago, iam andando ao lado do carrinho de mão, com seu peculiar modo de caminhar, cada uma carregando uma cesta de piquenique e cantarolando músicas que eu desconhecia. Nos cestos, as vespas se acumulavam sobre as garrafas de suco de sabugueiro. Eu vestia a jaqueta de passeio e o chapéu turquesa em forma de sino que tinha ganhado do dr. Eldh no meu aniversário. Os cordões do chapéu arranhavam meu queixo, e o ar estava cheio da penugem branca vinda dos álamos, que se agitavam até o fim de junho. Puseram um guarda-sol amarelo para proteger meu rosto. Eu brincava com os sapos nas águas pardacentas que escorriam entre os juncos e sob as camadas de folhas e pólen flutuando na superfície. Apanhava tatus-bolas nos deques e os guardava em um recipiente de vidro. Escalava as rochas e entrava diretamente na água vestindo minhas ceroulas, até que a corda atada ao meu corpo fosse puxada. Fanny estava sentada na ribanceira sob seu chapéu de palha, mascando tabaco, com a corda amarrada ao seu cinturão de chaves. Isso foi antes de começarem a me pôr a corda só para manter as aparências; mas, ali no lago, ela continuava a mantê-la atada ao cinturão. Eu deixava que a água chegasse até meu queixo e que a boca fosse enxaguada pela água adocicada, ficava boiando com as cabeleiras pretas me segurando pela nuca e pelos tornozelos, minhas ceroulas se enchiam de água como balões em volta das pernas. Raios de sol entre as copas dos pinheiros. Ao sair da água, envolviam-me nas mantas de flanela que tinham preparado e eu ficava tremendo de frio debaixo das bétulas junto às irmãs, que arrancavam pétalas das flores apanhadas durante o caminho e cantarolavam músicas trazidas consigo da cidade. Mais além dos canaviais e das bordas do bosque, na outra margem, ficava esse mundo que não era mais Lilltuna, pântanos e pastagens escondidos por detrás de densas terras arborizadas. Eu poderia facilmente me levantar e arrastar a canoa da lama, sair remando até os confins de tudo; se a embarcação afundasse pelo caminho, teria ao menos tentado ultrapassar os limites, como um inseto frágil e moribundo na chegada do inverno. As cabeleiras pretas entrecerravam os olhos contra a luz incandescente do sol, davam risadinhas, apoiando os dedos sobre minhas pálpebras e me fazendo cócegas com margaridas e ranúnculos. Nunca consegui memorizar as cantigas e brincadeiras delas.

Foi assim com as cabeleiras pretas, até que um belo dia, depois de irem fazer compras na cidade com Krantz, nunca mais voltaram. Os boatos e as fofocas que elas espalhavam sobre mim e sobre Lilltuna pelos becos da cidade chegaram aos ouvidos do dr. Eldh. A ama Fanny contou ao doutor quando foi chamada à biblioteca, enquanto eu desenhava debaixo do piano com a porta entreaberta para ouvi-los, que tinha suspeitado e pressentido, desde o início, que as cabeleiras pretas não eram moças confiáveis, e que tentara alertar o doutor sobre isso, pois deviam ter sido elas a atrair uns sarnentos vagabundos, tão sujos quanto as duas, que ficaram nos observando lá nas vizinhanças do lago.

Depois desse episódio nunca mais me levaram ao lago.

Krantz voltou da cidade sozinho na carruagem, sem as cabeleiras pretas, trazendo cestas cheias de frutas, farinha e querosene. A cama de armar no quarto das criadas continuou vazia por um tempo. Mais tarde, chegou Gustava seguida de Hulda, acompanhando o dr. Eldh na carruagem, para substituir as cabeleiras pretas. Então, o rígido inverno já dava as caras em Lilltuna, uma camada de neve caía pesada e dourada sobre os galhos das árvores, sob um sol tímido que somente surgia pelo meio-dia, rasgando o céu, para em seguida desaparecer completamente na escuridão do entardecer.

Às vezes me lembro da água pardacenta do lago durante o verão, das aranhas pescadoras que saltitavam sobre a superfície e do sabor da água fria e doce dentro da boca, da leveza do corpo debaixo d'água, dos tatus-bolas guardados nos recipientes de vidro e soltos depois. Quando o verão chegou novamente, eu ficava sentada na varanda com meus livros, enquanto Gustava batia a manteiga sobre o banco mais adiante e Krantz surgia na estrada carregando a vara de pescar, com as calças molhadas e fardos de peixes presos ao cinturão. Eu não perguntava mais sobre o lago, nunca atravessava as fronteiras do jardim. Não pensava mais naquilo que existia além de Lilltuna. Lá fora as cercas dividiam a paisagem, os pombos do mato sobrevoavam as pradarias e, junto à mesa da cozinha, me sentava entre Gustava e Hulda para o jantar. Comíamos nabos e sopa de ovo e o peixe frito que Krantz pescara no lago pardacento; o sal da carne branca agradava meu paladar. Eu podia ter atravessado o jardim com a corda atrás de mim arrastando sobre a grama, atalhado pelo prado até a beira do lago e andado até o outro lado. Podia ter corrido através do campo, diretamente para a estrada, e pedido ajuda para as crianças que brincavam em grupos nas fazendas vizinhas. A cerca emaranhada de cerejas e espinhos que rodeava a propriedade do dr. Eldh nunca era podada. Com o tempo, Fanny passou a me deixar ficar durante horas no jardim ou atrás do celeiro, onde eu brincava com minhas bonecas e o cavalinho talhado em madeira que tinha ganhado do doutor de aniversário. Percebendo que eu nunca fugia, ela me deixava ficar fora cada vez até mais tarde. A corda estava folgada na minha cintura e se tornara embarrada devido à umidade do terreno. Às vezes se passavam muitas horas até que ela mandasse Krantz me buscar, pois sabia que eu voltaria antes de começar a escurecer.

Durante muito tempo me perguntei o motivo pelo qual o dr. Eldh me mantinha em Lilltuna, por que me escondia das carroças que passavam ao longe e das crianças que brincavam nas outras fazendas, porém coisas como essas já não me pergunto mais. Insetos cambaleantes sobre o vidro verde da lâmpada. O olho redondo do relógio de parede ensimesmado em sua própria eternidade. Eu tinha os cabelos castanhos, as mãos espalmadas, trajava o vestido de lã vermelho, amarelo ou verde-musgo quando tocava piano à noite, me enganchava com a corda pelas ervas-daninhas emaranhadas do jardim. O sol acima de Lilltuna pintava a casa de púrpura e âmbar. Enxames de mosquitos sobrevoavam os animais no curral.

Acontecia de o doutor já estar de mau humor ao descer da carruagem, então me dava uns tapas fugazes e indiferentes na cabeça quando eu o esperava na frente da casa. Eu ficava com o ouvido colado à porta da biblioteca, ouvindo-o fazer o que sempre fazia a cada visita: abrir a portinhola do mostrador do relógio e fechá-la com um estalido. Eu achava que era ali na biblioteca que se originava o tempo, no mesmo instante que ele ajustava os ponteiros para que funcionassem. Do mesmo modo me parecia que, com sua ausência, dissolviam-se as horas e os lapsos de tempo e, novamente, eu me encontrava na infinidade do jardim, debaixo das árvores com as bonecas esfarrapadas, onde todos os acontecimentos se prolongavam em um instante interminável.

De vez em quando, o doutor se mostrava irritado durante minhas aulas, outras vezes ficava sentado olhando pela janela por muito tempo enquanto eu continuava a escrever nos meus cadernos para não chamar sua atenção e o ruído do lápis que se arrastava sobre o papel enchia o aposento. Ele, de repente, levantava-se com pressa da cadeira e começava a andar de um lado para o outro sobre o tapete, impaciente ou distante, falando, erguendo o punho no ar como se discutisse com alguém que somente ele conseguia enxergar: *Esse maldito*, exclamava, *o que está pensando;* ou então: *Ele acha que sabe alguma coisa sobre prolapso uterino?* Ou simplesmente gritava: *Canalha!*

Costumava me acomodar entre os arbustos do jardim e me distraía lambendo meus braços para sentir o gosto de sal do corpo, mordia meus dedos e admirava as marcas deixadas pelos meus dentes; nunca percebia as conexões dos corpos, como uma coisa se entrelaçava com a outra. Ficava aguardando pelo dr. Eldh e, quando ele voltava, analisava o rosto dele e seus gestos, assim como se estuda a imprevisibilidade de corrente de água. Ele tinha o hábito de pôr à prova o que eu havia escrito, lendo tudo em voz alta, ao mesmo tempo que me lançava olhares para observar bem minhas reações, o que sempre me deixava muito animada. Então seu olhar por trás do pincenê se iluminava de satisfação e ele continuava:

Sobre a cesariana podemos afirmar, sem o mínimo de exagero, que, desde que Trautmann realizou, em 1610, a primeira intervenção cientificamente comprovada, a operação foi realizada em pelo menos duas mil ocasiões. Sempre que um profissional de nossa área de competência constatou que a liberação de um feto do corpo materno, tanto em estado vivo quanto morto e desmembrado, era inviável por vias naturais, ele teve a coragem de utilizar um bisturi de dissecação. Durante minha primeira incisão, ao descobrir que o feto se encontrava aprisionado no canto superior direito da cavidade uterina, fiz o que era possível durante esse momento tão crítico e, com a mão embaixo do ventre fetal, decidi tirá-lo através do corte, de cabeça para baixo, o que foi feito mais de acordo com o instinto do que com a premeditação. O feto saiu inflectido e sobreviveu, ainda que, lamentavelmente, tenha ficado órfão ao mesmo tempo. Dentro da nossa área, muitas vezes, observamos o peso e os milagres da existência: atrevo-me a dizer que o nascimento virginal reverso do qual se constitui a incisão cesárea não cabe dentro das menores maravilhas. Assim, pode o feliz operador tornar-se o próprio autor tanto do parto quanto da liberação humana por excelência, algo que antes era somente reservado à mulher.

Desde que tenho lembrança, me vejo sentada na biblioteca escutando o dr. Eldh ler para mim seus rascunhos e seus discursos de membro das reuniões da Sociedade. Depois sempre sorria para mim satisfeito, como se houvesse se livrado de algo que nunca percebi o que era. Havia vezes que ele, inesperadamente, começava a chorar e escondia o rosto nos braços, molhando a camisa.

Nessas horas, ele queria que eu estendesse a mão por cima da mesa para acariciar sua imensa cabeça. *Perdoe-me, minha gatinha*, ele murmurava, *diga-me que me perdoa, minha gatinha*.

Assim que parava de chorar, olhava para mim com seus olhos avermelhados de choro e dizia meu nome. Seus cílios carregados de lágrimas, e a face rosada e manchada como a de uma criança. Enquanto secava as lágrimas, me contava sempre a história da minha Criação, que tinha me salvado a vida, evitando que eu fosse parar na sarjeta, e me dado um nome. Costumava dizer que eu o lembrava de algo que não sabia o que era: a memória de um sabor na língua, céus de tempestade na infância. O odor de madeira e pele da cama que compartilhava com seus irmãos durante o verão. Os ruídos estranhos dos animais se movimentando ao lado de fora da casa onde ele crescera sempre lhe davam a sensação de que estavam tentando atraí-lo de volta.

Pus a mão em sua cabeça como ele queria e disse:

Como fazem dormir as crianças lá na cidade, dr. Eldh?

Ele olhou para mim com os olhos lacrimejantes e respondeu:

Na maior escuridão do mundo, menina, em sua terrível frieza.

O primeiro sinal de enfermidade dos meus membros foi a bolha no lado direito, que descobri depois do banho de sábado. Vislumbre do céu de verão, inquietas nuvens noturnas. As árvores do jardim pareciam dedos queimados sob a escuridão. Eu era criança, aprendi a adormecer com o sussurro dos galhos batendo na janela. Ficava deitada na cama enquanto as estações do ano iam e vinham. Às vezes, eu contava os ruídos e estalos que ouvia na casa, pois eles pareciam aumentar e se aproximar na escuridão: era como se cada barulho em Lilltuna pudesse, finalmente, transformar-se em uma espécie de claridade secreta dentro dos meus sonhos, imagens estremecidas das quais nunca conseguia me lembrar ao acordar. À noite, se não conseguia adormecer, sentava na cama e olhava para os pastos lá fora. As sombras lentas dos animais sobre as colinas quando pastavam, formações escuras que se aglomeravam e se dispersavam sob a cintilante superfície acinzentada.

Ficava com o lençol enrolado no corpo e inspecionava meu corpo, as tranças desciam pelas costas, o primeiro sinal apareceu justamente acima das costelas, era uma mancha rosada sobre a pele, com uma verruga protuberante no centro. Agora parecia uma ameixa um tanto inchada que começava a brotar para fora daquilo que antes somente parecera ser um círculo liso e cor de carne. Era mais como uma bolha que fermentava e deformava a pele, como se meu próprio corpo já não pudesse se manter dentro de si mesmo, aquela verruga rosada parecia uma mordida. Somente o lado direito havia sido afetado, o que dava um aspecto distorcido e assimétrico.

A bolha fez parte de mim por um bom tempo. Eu me vestia e tomava a sopa de aveia que Fanny fazia, cumpria minhas tarefas e me mantinha calada sobre meu sinal de enfermidade, que mais tarde começou também a despontar do outro lado. Essa nova bolha era pior que a anterior, o que me fez passar a enfaixar as duas. O mesmo processo seguiu em novas partes do meu corpo, proeminências laterais que se duplicaram. Durante a noite sentia o cheiro de peixe subir desde a pequena fenda ali embaixo entre minhas pernas, aquela chaga com suas dobras disformes de pele, que se destacavam entre as colinas agora cobertas por uma penugem fina e esparsa, como de animais recém-nascidos. O céu noturno de verão e aquele odor desconhecido me faziam ficar acordada. Mais adiante, ocorreu o sangramento.

Parei de me lavar para não esfregar os lugares afetados com a escova, para que a ferida pudesse se fechar novamente e parar de sangrar. Descobri novas inflamações no pescoço e na testa, assim como novos inchaços. Eu me enfaixava, aguardando que o processo fosse suspenso. Tinha um odor forte do suor rançoso de um mês e do líquido azedo que saía da fenda, meus braços pálidos como se a inflamação lhes sugasse a vida. Lá da varanda, Fanny me acompanhava com o olhar enquanto eu andava entre as árvores do jardim. Sentia a umidade brotando das minhas axilas e o rosto ficando vermelho a cada emoção que sentia, era meu corpo expelindo a si mesmo, apartando-se de mim em qualquer ocasião que fosse: ao jogar paciência sentada no sofá ao lado de Fanny ou ao bordar ou praticar piano. De noite, eu jogava as ceroulas manchadas no armário do penico, porque não sabia o que fazer com elas. Quando acordava, o armário sempre estava vazio e havia um penico limpo no lugar. Junto à banheira da cozinha, Fanny havia começado a me deixar sozinha para tomar banho; eu fingia me lavar, remexendo a água energicamente, porém sem submergir, molhava os cabelos e lavava o rosto meticulosamente. Em seguida, enrolava a toalha no meu corpo ainda sujo e saía da cozinha com os cabelos molhados caindo pelos ombros. Fanny sempre me esperava ao lado de fora com seu olhar penetrante. Ela me entregava o paninho de algodão que havia dobrado e passado, me fazendo colocá-lo por dentro da roupa, entre as coxas, e amarrando bem junto ao meu quadril.

Eu mesma trançava os cabelos, tirava o ar do corpo e comprimia as bolhas.

Ainda não possuía o Cetro que apanhara no último verão para dominar a Besta com seu hálito Ardente e suas sete Cabeças.

Eu vestia as ceroulas limpas que deixavam sobre minha cama, não tocava na fenda de lábios inchados rodeada de penugem lá embaixo, obrigava meu corpo a regressar para suas cavidades. Aguardava pelo dr. Eldh, para que ele voltasse para casa e me curasse.

Quando completei nove anos, o doutor começou a me ensinar a escrever por ditado quando vinha visitar. Como de costume, sentávamos na biblioteca, a escrivaninha de nogueira vazia, com exceção do lápis e do papel em branco, e o aparador de onde, por trás de seus vidros ovalados, os retratos das filhas do doutor me olhavam fixamente. Acima, a pupila preta do relógio de parede. Aprendia a segurar o lápis, aprendia ortografia. Ele me permitia usar a pena preta de aço e sua melhor tinta. Eu a segurava com firmeza entre o indicador e o polegar, melhorava minha caligrafia imitando as letras sinuosas do dr. Eldh, até não mais conseguir diferenciá-las das minhas. Aprendi a ser rápida com o papel mata-borrão quando, acidentalmente, derramava os tinteiros.

O dr. Eldh sempre explicava nossas lições de memória, andava de um lado para o outro entre as estantes meio vazias, falando sem parar e como se não se dirigisse a ninguém em particular. Assim que se calava e se concentrava em seus próprios pensamentos, eu inclinava a ponta da pena contra o papel e deixava a tinta escorrer, aguardando e observando seu rosto. As linhas finas, a expressão inocente, as rugas meditativas de sua testa. Podia muito bem me aproximar dele, que estava de pé procurando pelas palavras certas, e repousar a cabeça contra seu peito. Em algumas ocasiões, eu ficava com sono de tanto esperar e começava a mexer na pena e no mata-borrão, e houve uma vez que derramei a tinta sobre a superfície brilhante da escrivaninha. Então, ele virou para mim, decepcionado, e me pediu para começar tudo de novo. Lá fora no jardim, os galhos dos choupos anormalmente altos sob o céu cinza e frágil da tarde. Às vezes, Krantz nos dava uma olhada lá de fora, quando estava passando com seu cavalo em frente à janela ou mostrando as camas de hóspedes para os cocheiros na estrebaria. Seus olhos pareciam estranhos e cegos, porém mais tarde percebi que os vidros escuros e espelhados da janela me tornavam invisível ao seu olhar.

Algumas vezes, acontecia de o doutor apanhar a pélvis da esquálida de uma gaveta da escrivaninha e segurá-la contra a luz da tarde, para que eu pudesse examinar a arqueadura dos ossos. Uma vez ele me permitiu tocar com cuidado nos ossos com o indicador; a superfície branca acinzentada estava lavada e brilhante, como um couro bem tratado. No relatório para a Faculdade de Medicina, ele havia escrito debaixo de uma ilustração feita a carvão:

Em seu caráter geral, o objeto demonstra uma pélvis de constituição do tipo feminino, ainda que sem nenhuma outra anomalia em sua textura. Podem ser observadas as seguintes discrepâncias: as paredes laterais têm um curso mais direto que o devido e se chocam contra a caixa pélvica sob um ângulo inferior ao normal. O osso sacro mostra um desvio significativo, tanto em sua forma quanto em sua localização. Tem uma largura normal entre o ilíaco e o sacro, porém se encontra pressionado por cima e por baixo de tal modo que sua superfície frontal faz um meio-círculo quase completo. Em cada lado, as cavidades nos cantos formam baías largas e profundamente encurvadas.

Algumas vezes eu ficava desanimada durante as aulas ou ao perambular sozinha pelo jardim. De repente, um tremor indescritível surgia por trás dos meus olhos e me obrigava, imediatamente, a apoiar os dedos sobre as pálpebras para fazê-lo cessar. Cuspia nas palmas das mãos e passava a saliva sobre os cabelos, desde o começo das tranças na divisão junto à raiz. Fanny fazia sempre uma linha bem reta. Punha o pente rente ao crânio e separava a ondulação em um único movimento, deixando o couro cabeludo vermelho e irritado. Em algumas ocasiões, quando o doutor já havia regressado para a cidade, Fanny ficava chorando em seu quarto, um pranto muito peculiar e que lhe deixava os olhos bastante inchados até o dia seguinte. Nunca entendi por que ela chorava. O dr. Eldh sempre retornava. Assim que a carruagem despontava na estrada, Fanny me puxava para ela e vinha para cima de mim com o pano ou chegava correndo com os sapatos de verniz. Ela ficava parada nas escadarias da frente da casa, com as mãos fechadas sobre meus ombros; levava no rosto a expressão que sempre mostrava na chegada do doutor, com sorriso e olhos semicerrados, porém, por baixo, ocultavam-se a secura e o medo estranho de seu outro rosto.

Depois da chegada do dr. Eldh, eu me acomodava à escrivaninha de nogueira e transcrevia o ditado, me tornava cada vez mais rápida e fazia a tarefa com a maior destreza. Às vezes imaginava as carícias do doutor enquanto me esforçava para escrever com a pena, comparando-as com as migalhas que alguém lambe da mesa após a refeição de outra pessoa. O doutor nunca tocava em mim, com exceção de quando puxava minha trança ao fim do ditado ou do leve tapinha que me dava na cabeça quando vinha da cidade. Ou quando nossos dedos se encontravam por um instante ao me oferecer alguma coisa boa do saco de papel. As únicas vezes em que me tocava de verdade eram durante o exame anual, na presença de Fanny; ele punha as mãos imensas em mim, dobrando e apertando meus membros para inspecionar meu desenvolvimento, me fazia cócegas na sola do pé para controlar meus reflexos e enfiava aquele instrumento prateado na minha boca para examinar a saliva. Enquanto isso, Fanny se mantinha muito alerta e próxima, caso eu começasse a aprontar. De qualquer modo, nunca fui um problema, ficava sentada sobre a maca e deixava que me examinassem. As mãos do dr. Eldh eram quentes, quase desumanamente secas. Eu abria a boca diante do instrumento, levantava a saia e as ceroulas até as coxas para que ele pudesse me bater nos joelhos com o martelinho de madeira pintado de amarelo.

Primeiro tive as cabeleiras pretas, depois veio Bedan.

Ainda carrego na memória a cena de quando ela se virou na carroça, no topo da colina ao longe, como em uma última despedida, depois de terem ido nos buscar no lago e a levado embora de Lilltuna para sempre. O branco ovalado de seu rosto dentro do lenço fortemente amarrado e a carroça subindo a colina, até desaparecer.

Depois que fui privada das cabeleiras pretas, muitas vezes sentava sozinha no carrinho de mão derrubado contra a parede do celeiro, colocava um capim na boca e ficava observando Krantz e Fanny cuidarem dos animais. Na realidade, essa tarefa não pertencia a ela, porém, haviam levado as cabeleiras pretas embora de Lilltuna e ainda aguardávamos por novas criadas, então não havia mais ninguém na casa que ajudasse Krantz a ordenhar as vacas. Muitas vezes, eu despertava ao amanhecer por causa da movimentação deles no pátio e corria com minha capa jogada sobre a camisola para observá-los. A ama Fanny me permitia olhar enquanto entrelaçava as mãos em torno dos ubres grandes e manchados e os ordenhava.

Quando o leite batia contra o esmalte do balde, parecia que alguém estava urinando. As vacas sempre tinham os ubres cheios a ponto de estourar e mugiam quando entrávamos no estábulo. Fanny nunca se apressava por causa delas. Krantz costumava me oferecer uma caneca de madeira que havia enchido de leite do balde e me fazia beber. O líquido quente amarelado escorregava sobre meu palato e minha língua, fazendo cócegas. Eu sentava no carrinho de mão com o capim na boca, molhado por causa do leite, e caía no sono novamente. Krantz e Fanny andavam de um lado para o outro no estábulo. Foi assim até que Hulda e Gustava chegaram a Lilltuna; começaram a ajudar Krantz com as vacas e Fanny pôde se livrar dessa tarefa. Então, não mais me permitiram que os acompanhasse ao estábulo de madrugada. Mas, apesar da proibição, algumas vezes eu vestia minha capa e descia as escadas correndo, porém Fanny sempre estava lá e lançava um olhar que me fazia desistir imediatamente dos meus planos. Voltava para minha cama e ficava ouvindo Krantz, Hulda e Gustava arrastarem a escada pela neve. A voz sussurrante e alegre de Hulda, que falava sem parar até que a porta do celeiro se fechasse, o canto exasperante de um pássaro. Eu pensava nas cabeleiras pretas, nas canções delas, na cobra e nas mãos das duas irmãs em volta do meu pescoço, naquela vez lá no lago. Ficava sentada na caixa de guardar lenha na cozinha, mordiscando cascas de pão dormido e observando com muita atenção Hulda e Gustava cochicharem sem parar enquanto mexiam no caldeirão ou tiravam ovos da cesta, e as pequenas penas grudavam em seus aventais. De vez em quando, Fanny aparecia na porta da cozinha com sua vara de vime presa ao cinturão, então elas prontamente se calavam.

Hulda estava sempre lá na cozinha sussurrando historinhas tolas, com sua boca grande e vermelha ao ouvido de Gustava. Uma conversa como o pio de um pássaro, que fazia o rosto sardento de Gustava ficar muito corado sob a touca e, mesmo assim, Hulda continuava a chilrear e a brincar com sua voz de pássaro, deixando a boca grande se abrir e se fechar, guardando seus segredos. Foi antes de eu começar a perambular encolhida ao redor da casa, com o corpo rejeitando as bolhas, que por acaso as avistei no jardim. Tinham sido mandadas para lá para colher framboesas para as últimas geleias de verão e achavam que ninguém as estava observando.

Dessa vez não deixei que percebessem minha presença, fiquei agachada atrás dos arbustos e permiti que pensassem estar desacompanhadas. Hulda, ali no meio das framboesas, fazia como de costume, cochichava seu sussurro de pássaro ao ouvido de Gustava, que corava muito sob a touca. Mas, de repente, Hulda se calou, passando a olhar fixamente para a outra com seu sorriso largo, iluminando o rosto todo, e agarrou as mãos de Gustava, puxando-as para si e passando sobre seu corpo. Gustava soltou, então, um leve gemido, começando a apalpar ardorosamente as carnes de Hulda, salientes sob as roupas, ao mesmo tempo que Hulda voltava a gorjear com sua voz de passarinho. Ela se pavoneava, soltando seu hálito quente sobre o pescoço de Gustava, que tateava e apalpava as carnes, deixando-se seduzir por Hulda. Rapidamente, Hulda desabotoou a blusa e mostrou para Gustava seus pequenos botões carnudos que brilhavam à luz do sol infiltrada pelas folhagens. Os botões em nada se assemelhavam às bolhas que eu enfaixava no fim do dia; sobre a pele branca e hibernal de Hulda, destacavam-se esses círculos cor-de-rosa com pontos mais escuros e entumescidos no centro. Gustava soltou um gemido, cambaleando um pouco, com as mãos ao redor da cintura de Hulda, como se houvesse bebido o vinho de abrunho da cristaleira do dr. Eldh ou como se estivesse sonâmbula. Ainda assim, Hulda se manteve na posição, seus botões expostos à claridade e oferecidos à Gustava, falando com ela e a seduzindo com a voz. Em seguida, agarrou o rosto de Gustava, pressionando-o contra sua pele nua e exposta pela blusa desabotoada. Falava o tempo todo com sua voz de passarinho, rindo com a boca larga, provocando e deixando que lhe esfregasse os botões. Subitamente, levantou a saia até a cintura, deixando que a outra a tocasse lá embaixo, fazendo Gustava voltar a gemer, salivando e se pondo de joelhos entre as framboesas, tateando com seus dedos sonolentos entre as pregas e os orifícios de Hulda. A ferida rosada lhe brilhava entre as pernas como um pedaço de presunto cru arranjado entre montes de cabelos castanhos. Foi então que ela se calou por completo, fechando os olhos, deixando a cabeça cair para trás contra um tronco de árvore. Tudo que se ouvia agora era o gemido de Gustava e o leve roçar úmido de suas mãos esfregando a fenda. Continuaram assim até que Hulda, de supetão, abriu os olhos tomada por uma espécie de tremor, deixando seu olhar vagar estranhamente entre as árvores, para, no instante seguinte, baixar a saia em frente ao rosto de Gustava. Foi então que se afastou e fechou novamente a blusa.

Hulda abotoou a blusa até o pescoço dando seu sorriso de pássaro ao erguer o balde de framboesas que estava derrubado no chão.

Gustava permaneceu sentada no mesmo lugar, desconcertada, com o rosto e as mãos reluzentes da umidade da fenda de Hulda. Não gemia mais. Tirou a touca, suas tranças estavam embaraçadas na altura da nuca, e enxugou a umidade com um pano até seu rosto ficar vermelho e arranhado. Então, levantei de onde estava atrás dos arbustos e fui embora. Manchas de sol se espalhavam sobre as folhas das árvores e refletiam nas minhas roupas.

De noite, deitada na cama, fiquei ouvindo o piar da coruja. Não pensava mais no que testemunhara entre os arbustos de framboesa. Dormi com a faixa ao redor do peito, com a boca escancarada na escuridão, como se fosse enchê-la com as imagens daqueles botões vermelhos. No meu sonho eles eram salgados e agradáveis, maliciosamente suaves, como frutas velhas e apodrecidas. Acordei de madrugada com o barulho dos passos lá embaixo sobre o cascalho do pátio, o chilrear estava começando, a porta do celeiro abria e fechava.

A primeira coisa que conheci na vida foi Lilltuna, e Lilltuna pertencia ao doutor Eldh. Ele vinha me visitar e logo voltava para a cidade, onde viviam suas filhas, porém sempre retornava dentro de poucas semanas. Somente uma vez demorou mais do que o costume, quando fez uma viagem ao continente. Partiu no início do verão e só regressou quando a neve rodopiava sobre Lilltuna. Na volta, ele não estava desacompanhado, trazia o mestre consigo em seu trenó. O mestre cambaleava, precisaram segurá-lo de ambos os lados ao tirarem-no do trenó naquela tarde de inverno, seu sobretudo manchado de flocos de neve.

A luz enfraquecida dos dias curtos do mês de janeiro. Uma raposa perdida e escorregadia no gelo do pátio, formado durante a noite.

Antes de sua partida, o doutor veio até mim pela última vez, para se despedir e me dar aula. Era início de junho. Animado, ele tinha se barbeado, e seus cabelos estavam besuntados e arrumados, fazendo com que ele parecesse um leão manso e brilhante a caminho da selva. Estava na biblioteca com o peitilho da camisa para fora do colete, como se fosse um babador, e com os baús abertos ao redor. Distraía-se muito durante a aula, mas, mesmo assim, me regalava um torrão de açúcar de vez em quando, como para compensar. Tinha guardado cuidadosamente os documentos e o tinteiro em seus compartimentos e caixas nas tampas dos baús, me explicando que talvez fosse se ausentar até um pouco antes do Natal. No dia seguinte, se foi. Não voltaria ali até depois do Ano-Novo.

O sol de verão enviesado faiscava, filtrado entre os galhos das hamamélis. Julho passou, chegou agosto. Na ausência do doutor, eu corria descalça pelo jardim, me deitava de bruços na escada da cozinha e esmagava as formigas com a unha do polegar.

Naquele verão, fiquei sentada junto à cerca viva que crescia ao redor de Lilltuna e brinquei com os soldadinhos de chumbo e com a pequena princesa de porcelana que ganhara de presente do dr. Eldh. Construí castelos de pinhos e de galhos. Comi flores e mastiguei as raízes do bosque, desenhei letras e animais sobre minhas pernas e meus braços com os dedos sujos de terra molhada. Às vezes, escutava as carruagens que passavam lá fora. Com frequência chegavam tão perto que dava para ouvir os cabrestos roçarem as mordeduras dos animais de tração. Vozes estridentes de crianças. Deixava meus dedos percorrerem as folhagens espessas dos espinheiros, sempre voltava para casa ao anoitecer. Os longos crepúsculos que circundavam Lilltuna eram pintalgados de nuvens.

Quando a noite baixava, depois de ir para a cama e de Fanny ir para seu quarto lá embaixo, acontecia de me lembrar da imagem da tesoura. A escuridão se convertia novamente em um pedaço de tecido de veludo negro que podia ser cortado ao meio e transformado em estranhas criaturas. As criaturas recortadas pelas minhas próprias mãos surgiam das sombras e zuniam ao meu redor com suas tiras ou dedos, e a única coisa que ajudava era repetir, da melhor maneira que eu podia, as histórias contadas por Fanny sobre o Nosso Senhor Jesus Cristo. As criaturas se moviam em silêncio ao meu redor, se calavam igual à escuridão de onde tinham vindo, com seus estranhos rostos vazios, sem bocas e sem olhos. Pareciam querer algo de mim, mas eu não sabia dizer o que era, ainda que houvesse sido eu mesma quem as tivesse recortado do escuro, como bonecas de papel. Ficava deitada na cama, murmurando as palavras sobre o toque das trombetas e a Vara do Ungido que combateria a Besta. Então me tranquilizava e conseguia adormecer. Durante o sono, porém, me vinham sonhos, no início iluminados e leves, mostrando um lago parecido com o nosso nos dias quentes de verão. Eu via a imagem das cabeleiras pretas, que subitamente apareciam na margem do outro lado, erguendo as mãos como se acenassem para me acalmar ou para me chamar até elas. Era só atravessar as águas escuras que estariam lá me esperando. A imagem se interrompia de modo abrupto e eu já não sabia mais se estava sonhando ou se estava acordada, o lago se transformava, ardia e chiava, erguia-se de seu leito como lava incandescente, um fogo líquido. Então eu percebia que tinham me atraído para uma armadilha, que a besta que devia ser levada para o lago ardente era ninguém mais, ninguém menos do que eu. Senti um estalido na cabeça, abri os olhos, me obrigando a sair da letargia que não era nem sono nem vigília, e o aroma do mingau de Fanny no fogão chegou até mim desde a cozinha.

*

Agosto passou.

Chegou setembro.

Os outonos em Lilltuna sempre carregavam consigo o cheiro de cadáver dos texugos e das frutas caídas das árvores. Eu andava descalça sobre as agulhas de pinheiro, não espetava mais a sola dos pés pois havia andado descalça o verão inteiro, deixava as formigas andarem sobre minhas pernas. Esperava pelo dr. Eldh, para que ele voltasse e me liberasse. Recebi uma carta com selo do continente:

Minha querida!

Chegamos ao hospital na rua Jacob nesta cálida noite, onde o dr. Beaufeu nos recebeu de braços abertos. Fomos então levados à sala de cirurgia ginecológica, para onde muitas criaturas sofridas atualmente se dirigem para depositar sua vida nas mãos do honrado cirurgião. Essa horda de almas deploráveis busca a cura para todos os tipos de enfermidades relacionadas ao sistema sexual feminino: masturbação, ninfomania, inflamação ovariana, retroflexão do útero etc. Sofrimentos bastante comuns aqui no continente que, de maneira notável, parecem haver sido enfim desvendados. Muitas são aquelas que procuram pela cura nos hospitais modernos, onde podem confiar plenamente nos instrumentos manuseados pelos doutores, tais como: tesouras e escalpelos, sondas, anéis, espelhos e agulhas. Com o uso correto de tais ferramentas, as pacientes não só serão submetidas a exames de rotina, queimaduras, corrosões e incisões, como poderão ter seus cistos, ovários e tumores extirpados. Às oito horas da manhã, a cortina da sala de operações foi aberta e apareceu uma jovem nervosa chorando, apresentando uma respiração irregular, que permitia ao dr. Beaufeu que lhe penetrasse com a mão até o fundo de seu corpo e sem qualquer resistência. Passado esse exame meticuloso, a paciente foi anestesiada. Em seguida, desde os melhores lugares da plateia, tivemos a oportunidade de observar, diretamente, a mais perfeita incisão de ovário jamais vista por membros do nosso grupo.

Pelas manhãs, desperto com o som de crianças brincando do lado de fora do hotel e desfruto do meu chá matutino na pequena varanda conforme a cidade começa a se encher de vida, com carruagens passando apressadas, com as transações incessantes das lojas, damas e cavalheiros tomando o café da manhã nas padariazinhas. As árvores daqui são muito bonitas e diferentes, estendendo seus galhos cada vez mais perto do céu, enquanto as folhas farfalham ao ritmo da brisa. Os reflexos de sol na parede acima da minha cama me fazem pensar na minha pequena e talentosa pirralha lá em Lilltuna. Então, como ela vai? Está se comportando bem junto a Fanny e aos demais?

Com carinho,

Dr. E.

O céu se mostrava suave e amarelado, quase irreal. Grama de inverno. O sol intenso queimava o dorso das minhas mãos quando eu brincava no jardim. Começou a nevar novamente. Céus que se dilatavam e se diluíam feito leite aguado.

Eu sempre usava meu avental branco ou o traje de marinheiro quando tinha aulas com o dr. Eldh na biblioteca. Terminadas as lições, subia para o meu quarto e trocava os trajes mais simples por outros mais luxuosos, que o doutor mandara fazer para mim, sob medida, nas cidades que visitara. Depois de pronta, eu descia, sentava na banqueta em frente ao piano e ficava aguardando que o doutor e Fanny se acomodassem confortavelmente no sofá do salão azul atrás de mim. Buscava um ponto fixo no pequeno orifício deixado pelo prego na parede onde houvera um quadro pendurado, logo acima da tampa do piano, e fazia o pequeno intervalo de introdução com os dedos repousando levemente sobre as teclas para, em seguida, começar a tocar. Das entranhas do instrumento chegavam até mim os ruídos ásperos dos mecanismos invisíveis do interior da peça, a tensão das cordas, o chiado das caixas de ressonância. O piano era antigo, danificado pela umidade devido à negligência de seu proprietário anterior. Havia vezes que suas notas soavam tão desafinadas e estridentes que o doutor era obrigado a se levantar do sofá e repousar a mão sobre meus dedos, impedindo que eu continuasse a tocar. Na visita seguinte, ele trazia consigo da cidade o afinador de piano.

O afinador, ao contrário dos cocheiros, era sempre o mesmo e sempre usava um casaco azul-marinho. Do meu quarto, conseguia escutá-lo experimentando as diversas notas através da casa toda, ora impacientes, outras vezes meditativas. Eu o imaginava deslizando os dedos ao longo das cravelhas de afinação e das rachaduras das teclas ou sentindo se as almofadinhas de feltro ainda se encontravam sob os pequenos martelos. Em seguida, ouvia o tilintar do jogo de porcelana que os proprietários anteriores tinham abandonado em Lilltuna. Depois de concluir o trabalho, o afinador era convidado para tomar chá de sabugueiro no salão com o dr. Eldh.

Quando o afinador já havia estado em Lilltuna tempo o suficiente para merecer a devida confiança, também passei a ser convidada para tomar chá no salão, e o doutor me pedia para tocar alguma música alegre ao piano. Eu tocava marchas, canções e sonatas, às vezes o dr. Eldh se sentava ao meu lado e tocávamos a quatro mãos. Quando me virava, o afinador me aplaudia entusiasmado, sentado no sofá. Tinha as mãos pequenas e nodosas, com as cutículas encardidas em cada dedo, e seus olhos cintilavam como se estivesse observando um animal exótico. Sempre me dirigia o mesmo olhar durante as visitas, e às vezes o doutor o autorizava a segurar minha mão ao se despedir, quando a carruagem estava em frente à casa, e eu fazia uma reverência profunda e longa. Percebi que o doutor não apreciava que o afinador olhasse para mim por muito tempo durante os recitais de piano, pois me mandava para o quarto, e eu não conseguia me despedir dele nas escadarias em frente à casa. Demorou bastante até que ele voltasse à Lilltuna. Mas, quando o piano começou a desafinar e as notas se tornaram oscilantes, o doutor ordenou, finalmente, que buscassem o afinador.

Havia vezes que o afinador me trazia pequenos presentes, tais como uma caixinha azul com uma pulseira de pérolas falsas, um cachorrinho de brinquedo coberto por um pelo macio no qual se dava corda com uma chave para que andasse alguns passos sobre a mesa até cair no chão, de costas sobre o tapete do salão. Lá permanecia por um instante, debatendo-se no ar como uma aranhazinha cinzenta e indefesa, até que o afinador o apanhasse com seus dedos nodosos e desse corda novamente. Em certas ocasiões, decorriam momentos de tensão entre o pequeno homem de casaco azul e o doutor, como se nuvens transparentes se sacudissem e se movessem no ar entre eles. Ainda assim, o afinador acabava sempre sendo perdoado por qualquer coisa que houvesse feito ao dr. Eldh. Em seguida, chegava a carruagem da cidade para buscá-lo e ele ia para o pátio, carregando o baú branco onde guardava suas ferramentas de afinar. Dependendo do humor do doutor, eu podia ficar tocando piano, com o afinador no sofá como plateia, se não fosse mandada de volta para o quarto ou para a biblioteca, acompanhada do doutor e de porta fechada, enquanto o homem estivesse na casa. Então, fixava a pena de metal entre os dedos, agarrando o mata-borrão com a outra mão, e o dr. Eldh começava a ditar.

Foi Fanny quem me ensinou a tocar piano. Ela costumava dizer que, em outra vida, havia sido agraciada com o dom da música, o que não revelava muito bem o que tinha feito e quem havia sido antes de se tornar ama em Lilltuna e assumir a responsabilidade pelos meus cuidados. O que ela mais tocava eram salmos e hinos, enquanto eu acompanhava seus dedos se movimentarem sobre o instrumento, assim como se escuta o imprevisível canto do cuco antes da primavera. Às vezes, ao amanhecer, ela ia com Krantz fazer compras na cidade, na esperança de encontrar novos cadernos de notas para mim, se assegurando de que, nessas ocasiões, eu fosse bem vigiada por Hulda e Gustava. Nessas vezes, elas costumavam me amarrar com a corda e ficar insistindo para brincarmos de cavalinho nos fundos da casa. Acontecia de eu dar o braço a torcer para que se calassem, dando uma volta entre as árvores se me dessem algo valioso em troca: um grampo de cabelo, uma concha ou alguma outra bugiganga que guardavam nos sacos de pano trazidos de cidades e vilarejos que eu não conhecia. Então, Hulda ria com seu rosto largo e luminoso, com Gustava lhe fazendo eco. Assim que eu terminava de correr, me sentava de costas para elas sob a tília mais afastada, com a corda ainda amarrada ao redor da cintura, e me dedicava ao objeto de troca. Elas ficavam sentadas na escada da cozinha, descascando nabos ou depenando galinhas, com a corda presa em um gancho na parede, apesar de saberem que eu nunca escaparia. Tinha vezes que passavam o tempo brincando com a gata que, quando estava no cio, se esfregava nas paredes da casa. Uma vez, com as luvas de inverno de Krantz, agarraram pelas patas traseiras a gata, que se debateu, arranhou e gritou até que os gatos selvagens se juntaram e passaram a chamar por ela desde o bosque, e então a soltaram.

Depois os berros da gata puderam ser ouvidos durante horas pela floresta, com os animais selvagens se revezando com ela debaixo das árvores.

Algumas vezes, enquanto cuidavam de mim, Hulda e Gustava ficavam entediadas lá na escada da cozinha e acabavam adormecendo. Eu poderia simplesmente soltar o nó da corda, atravessar o jardim, seguir pelas pradarias e desaparecer para sempre de Lilltuna. Mas, em vez de fazer isso, ficava recostada contra o tronco da árvore durante o cochilo delas, raspando a presilha de cabelo contra a cutícula ou colocando a concha no ouvido, e jamais desatava a corda.

Quando a carroça regressava no fim do dia, se Fanny houvesse tido sorte na cidade, traria consigo o caderno de notas comprado por um preço mais baixo em algum lugar e, nos dias seguintes, nos dedicaríamos a praticar ao piano. Lá fora, as árvores no jardim se encurvavam ao peso das frutas que Krantz não tivera tempo de colher. Fanny trazia a poltrona do salão e se sentava ao meu lado, colocava as mãos sobre as teclas, fazendo a pequena pausa de introdução, para em seguida deixar seus dedos deslizarem com uma expressão muito compenetrada, enquanto a música era liberada do instrumento. Quando chegava minha vez de tocar e eu não me concentrava o suficiente na leitura das notas, ela batia impacientemente com os nós dos dedos na tampa do piano. Então deixava que as pontas dos meus dedos tocassem a superfície rachada das teclas, e eu escutasse as batidas, os suspiros e os murmúrios dela a cada erro ou acerto de nota, corrigindo a ênfase e a velocidade de acordo com suas reações. Muitas vezes eu fingia ter lido errado para recomeçar. Então, ela colocava os nós dos dedos outra vez sobre a tampa, inclinava-se, ficando tão perto de mim a ponto de eu sentir seu hálito azedo de tabaco contra minha nuca e o cheiro vago da pele dela. Cada vez que me confundia ou não conseguia manter o tom, ela me punia batendo nos meus dedos com o caderno de notas. Depois disso, eu sempre tocava com uma clareza abençoada. Ao meu lado, Fanny deixava escapar ruídos de satisfação à medida que a música aumentava.

O dr. Eldh me tomou sob seus cuidados, me mantendo em Lilltuna como se guardasse uma pedra preciosa, talvez tenha me mantido ali somente porque tinha essa possibilidade. Ele me visitava frequentemente e me levava na carruagem para passear pelas redondezas e tomar ar puro, para garantir que eu não ficasse ignorante a respeito dos países, soubesse os nomes das árvores e das constelações e conhecesse a beleza da escrita e da arte de calcular. Ele vinha para que eu acariciasse sua cabeça quando chorava. O fim do verão ia empalidecendo e o outono batia à porta. O ar límpido de setembro penetrava nos meus pulmões. O odor dos pinheiros. Os tordos que se aglomeravam na sorveira na frente da minha janela. Ficava deitada na cama ouvindo a ama Fanny andar de um lado para o outro em seu quarto lá embaixo antes de se deitar, o murmúrio de suas orações noturnas se espalhava pela casa. Sinais de frio se aproximando. Na entrada do bosque, as raposas chamavam e, ao amanhecer, surgiam os primeiros raios de sol no meu quarto. Os brinquedos já estavam cobertos e eu tinha virado a casa de bonecas para a parede. Praticava a escrita rápida junto ao púlpito, pulava amarelinha nos fundos da casa, apesar de já estar grande para isso. Krantz se movimentava no jardim com a tesoura de poda ou andava ao longo das plantações, colhendo e sacudindo a terra das batatas.

O alazão tinha ficado velho, compraram uma égua para a carroça nova.

Gostava de me deitar de costas sobre o telhado do gazebo, aguardava pela chuva; o que sempre me amedrontava eram os céus sem nuvens. Gostava de contar as nuvens amontoadas que passavam, cortando a eternidade azulada. Apreciava a chuva, sempre deixava que açoitasse meus vestidos, permitindo que a umidade penetrasse pela roupa e atingisse minha pele. Às vezes, a fumaça das fogueiras que Krantz fazia para espantar os enxames de insetos ao redor dos animais da fazenda se elevava em colunas até o céu antes de se dissolver e desaparecer. Eu ficava sentada no portão pintado de vermelho, olhando Krantz guardar os animais no estábulo ao anoitecer e, com o olhar, acompanhava a fumaça subir em direção ao nada.

No início do outono, me permitiram ir ao bosque acompanhada de Krantz, Hulda e Gustava para colher musgo, que seria embalado em pacotes e serviria de alimento para os animais durante o inverno. O feno de melhor qualidade era reservado para os touros mais jovens que Krantz trazia de fazendas distantes para cruzar com as vacas no fim da primavera. Ele me levava amarrada à corda enquanto colhíamos o musgo, cruzávamos entre os montes de pedras, os formigueiros e as árvores caídas. Se encontrássemos alguém pelo caminho, ele havia me instruído a me esconder novamente entre as árvores. Quando o inverno vinha se aproximando, Krantz me deixava sentar no banco no estábulo e ficar observando Hulda e Gustava alimentarem as vacas com o musgo cozido misturado a folhas e esterco de cavalo. Não dávamos nada do musgo nem aos carneiros, nem aos porcos. Dezembro tinha uma luz cinza e tênue ao logo das pradarias na linha do horizonte. Krantz se sentava ao meu lado trajando seu casaco de inverno, o qual tinha forrado com feno por causa do frio, e se ocupava em untar os cabrestos com manteiga de cabra enquanto as vacas devoravam a forragem. Depois me olhava meio sonolento através do vapor da nossa respiração, meus lábios endurecidos por causa do frio, e ele tirava o próprio casaco para cobrir meus ombros.

Nunca me deixavam presenciar o cruzamento dos animais na primavera, me trancavam à chave no quarto. No ano do meu décimo aniversário, na época do acasalamento dos animais, Gustava me contou que um dos meninos camponeses na fazenda onde ela trabalhara anteriormente havia sido espetado contra a parede por um touro que se soltara. Horas se passaram sem que os pais do menino e o fazendeiro tivessem coragem de se aproximar do local, pois o animal não parava de atacar e destroçar tudo o que via pela frente. Ninguém havia conseguido conter o touro, que pisoteou e caminhou por cima da criança durante horas, como se ela fosse um trapo, arrastando-a pelo chão até os intestinos saírem para fora do abdome. Ninguém conseguia fazer o touro parar, até que alguém, finalmente, conseguiu. Àquela altura o menino estava quase dividido em dois e morto havia horas.

Eu era trancada no meu quarto e ficava sentada na janela observando o ponto lá longe na estrada, cada vez maior até se dividir em três: o fazendeiro vizinho, Krantz e o touro.

O que mais me amendrontava eram os céus sem nuvens. Sentada à escrivaninha de nogueira e vestindo meu traje de marinheiro, ia escrevendo o que o doutor me ditava:

Memórias e anotações do serviço: como médico recém-formado, estive a serviço por um tempo em Malmö e, por uma eventualidade, um caso memorável coube a mim. Uma mulher havia caído de um cavalo branco em um dos parques de diversão da cidade. Enquanto cavalgava, um vira-latas latiu e o cavalo se assustou. A mulher, então, caiu bruscamente do animal assustado, aterrissando com todo o peso de seu corpo, que não era pouco, diretamente sobre a pélvis. Eu a examinei mais tarde em sua casa, onde as criadas e seu marido abalado a tinham acomodado em uma cama quente e bem acolchoada para descansar. A paciente se queixava de dor na região lombar, na pélvis e no reto. Percebi imediatamente do que poderia se tratar: se havia algo naqueles tempos que eu detestava fazer era examinar os órgãos femininos. Criei coragem e passei a apalpar o abdome dela, assim como a região lombar, em seguida pude constatar que o útero dela estava retrovertido devido à queda. Eu me lembro de um conselho que recebi quando jovem estudante de um mentor mais velho referente ao deslocamento do útero. A paciente deveria ser posicionada sobre os cotovelos e joelhos, em seguida, o médico introduziria um dedo no reto e outro na vagina e, com toda a força e por muitas vezes, pressionaria para cima e para baixo. Se a manobra não ajudasse, era melhor não fazer mais nada! Fora isso o que o mentor me dissera. Pedi para a senhora se colocar na posição indicada, introduzindo o primeiro e o segundo dedo nas cavidades da paciente. Imediatamente, senti o útero e comecei a pressionar.

De repente, nada se sentia dentro, somente um vazio, como se eu enfiasse os dedos em uma cartola sem fundos e sem paredes. Então, a mulher me olhou por cima do ombro e gritou: Caro doutor, estou liberada! Quando retirei minha mão, houve uma poderosa explosão, pela qual a paciente se desculpou várias vezes, particularmente porque a pressão de ar não provinha do reto e sim de outro lugar. Fiquei impressionado que uma pressão de ar poderia penetrar no corpo feminino e forçar um órgão inteiro a sair do lugar. Fiquei com a sensação de que esse corpo era como um grande instrumento e que meus dedos podiam mover-se em qualquer direção que fosse até que uma música surpreendente saísse de suas entranhas. No caminho de volta para minha residência, cintilava uma luz esverdeada sobre as construções da cidade. Eu havia conseguido superar meu medo juvenil perante os órgãos genitais femininos.

Céus prateados. Na noite anterior ao acasalamento, acompanhei Krantz, Hulda e Gustava até o estábulo, para observá-los entrar nas baias e fazer cruzes de piche sobre os traseiros das vacas para que o touro não fosse tão agressivo com elas. O piche era para que as vacas não cheirassem muito bem e, com isso, o touro ficasse menos impaciente. Krantz tinha um acordo com diversas fazendas nas redondezas de Lilltuna, que frequentemente emprestavam touros jovens, nascidos durante a primavera e bem alimentados durante o inverno todo, para que pudessem montar de maneira satisfatória. Eles eram sacrificados no outono e costumávamos comprar essa mesma carne para o Natal. Uma vez ganhei para brincar um pedaço de orelha de touro castanho-clara, macia como a de um bezerro. Guardei-a na caixinha de rubi cor-de-rosa, entre os pinhos que tinha colhido no jardim. Se as vacas do dr. Eldh parissem bezerros, estes sempre eram vendidos para alguma fazenda vizinha. Krantz não queria cuidar de bestas selvagens, como ele mesmo dizia, além de tudo aquilo de que precisava tomar conta em Lilltuna. As crias eram apanhadas diretamente depois de seu nascimento e levadas embora em carroças, ainda cambaleando sobre as patas instáveis. Depois que lhe tiravam seu terneiro, a vaca ficava parada junto à cerca, chamando por ele durante dias. Acontecia de as vacas ficarem estranhas depois de darem cria, especialmente se ainda fossem novilhas na época da monta e não houvessem sido mantidas no estábulo durante o parto. Então, saíam para parir sozinhas e logo se tornavam arredias, não deixando ninguém se aproximar delas, mantendo o recém-nascido longe de Krantz, que era obrigado a correr atrás delas pelo campo até conseguir apanhar o bezerro. Ele, afinal, conseguia sempre enganar essas indóceis, o que fazia com que a vaca ficasse troteando pelo campo, procurando e chamando pela cria.

Quando a época certa chegava, os touros de monta que eram trazidos por Krantz das fazendas vizinhas eram, quase sem exceção, descendentes de vacas distintas das nossas, completamente avermelhados ou com patas e cabeças brancas, às vezes com manchas pretas e chifres avantajados, o que tornava o acasalamento mais dificultoso.

Já com dez anos, eu ficava sentada na janela do meu quarto e acompanhava com o olhar a carruagem ao longe na estrada. Krantz e o fazendeiro tinham amarrado um pedaço de tronco no pescoço do touro, para que ele não criasse problemas. O ruído surdo das patas dianteiras quando ele batia ou tropeçava no tronco chegava até mim lá no meu quarto. Estava acomodada atrás da cortina de renda da ama Fanny, o céu estava azul e sem nuvens, uma eternidade cintilante, eu observava os ombros tensos de Krantz quando chegava no pátio, seguido do fazendeiro e do touro. Gustava parecia pálida lá embaixo junto à cerca. Se o fazendeiro demonstrasse qualquer sinal de comportamento inadequado, se até mesmo desse uma olhada desnecessária em direção às janelas de Lilltuna, não haveria mais colaboração com a mesma fazenda no ano seguinte. Tudo era relatado ao dr. Eldh e à ama Fanny, que ficava parada na colina do pátio com o tabaco na boca, inspecionando o acontecimento. O fazendeiro desse ano havia se comportado bem e não foi trocado por outro. O touro, em compensação, não parou de causar problemas com o tronco que tinham posto em seu pescoço, obrigando Krantz e o fazendeiro a soltá-lo, colocando-se em seguida em segurança para permitir que o touro entrasse no curral. Gustava ia e vinha junto à parede da casa, com o rosto pálido sob a touca encardida, e somente depois de soltarem o touro e fecharem a porteira do cercado lhe permitiram retornar para a casa. Eu conseguia ouvir os passos impacientes dela lá no andar de baixo, com seus tamancos de madeira, pisoteando até o quarto de serviço onde Hulda aguardava para consolá-la, enquanto chorava. Passado um instante, elas subiram as escadas, destrancaram minha porta e ficaram comigo durante o acasalamento, já que era de onde se podia ver tudo melhor. De repente, tornavam-se boas e generosas, trazendo ovos cozidos com manteiga, para garantir um lugar na janela para cada uma. Ficamos observando o touro andar no meio das vacas. Hulda me puxou para si, me apertando contra o peito e suspirando apavorada com os avanços do touro lá embaixo. Eu sentia suas framboesas pressionando meus ombros, o odor de leite azedo e de caldo de peixe em seu hálito quente, além do olhar fulminante de Gustava sentada junto à cabeceira da cama. No início, o touro andava furioso de um lado para o outro no curral, tornava-se indolente e confuso e voltava a ser persistente. Krantz e o fazendeiro iam acompanhando tudo ao longo do outro lado da cerca. Eram sempre as vacas com mais piche no traseiro que levavam as investidas mais agressivas. No ano seguinte, Krantz passaria o piche um dia antes, para que o touro fosse um pouco mais gentil com elas. A cada ano que se passava, o mesmo acontecia. O touro investia com força, comprimindo-se contra o traseiro das vacas com suas pernas dianteiras, escorregando por suas costas nodosas, tirando o fino músculo rosado para fora como se fosse uma faca longa de carne escorregadia, e as vacas mugiam no campo até a chegada da noite. Foi assim esse ano também. Krantz levou o fazendeiro de volta, pois ele não tinha sido convidado para pernoitar em Lilltuna. Fiquei sentada no mesmo lugar naquela tarde que ia empalidecendo com Hulda e Gustava, comendo ovos com as mãos lambuzadas de manteiga. Assim que a ama Fanny começou a voltar para a casa, elas me trancaram no quarto e desceram correndo para o andar inferior. Durante o jantar, Gustava contou novamente a história do menino que fora dividido ao meio pelo touro na fazenda onde ela tinha trabalhado, que ele fora espetado na parede do estábulo e arrastado até seus intestinos saírem para fora.

Essa noite, as criaturas no curral permaneceram silenciosas e o ar estava tão tenso como o de antes de uma tempestade. Adormeci com o odor amargo do piche nas narinas, acordei somente quando o sol já havia raiado. O touro tinha conseguido ser capturado e amarrado novamente com o tronco no pescoço, para ser levado de volta por Krantz e pelo fazendeiro. No Natal eu ganharia outro pedaço de orelha castanho-clara de bezerro. O sabor de ovos com manteiga no céu da boca. Ao sol do amanhecer, a relva cintilava com as gotas de orvalho e as vacas levantavam depois da longa noite passada com o touro. Foi naquele inverno que chegou o mestre Valdemar.

Naquela noite de verão, Bedan e eu poderíamos ter ido adiante. Teríamos sobrevivido de folhas e ervas. Dormido entre as pedras, em buracos que teríamos cavado, como fazem os animais debaixo dos pinheiros.

Eu era a Enfaixada, a longa noite da Esquálida. Então, amanheceu sobre o lago e Krantz surgiu do meio das árvores para nos levar de volta.

Hulda e Gustava estavam sentadas no banco abaixo da varanda descascando batatas e ficaram nos observando quando chegamos no pátio. A barra da saia de Bedan estava molhada e pingava bem onde ela estava pendurada feito um saco na beirada da carroça, desde que Krantz a tirara do lago. Assim que entramos na casa, minhas pernas se amoleceram e acabei caindo.

Então, Krantz me carregou, subindo as escadas à frente de Fanny, que trazia o lençol de linho apertado contra o peito.

Fui colocada na cama, me alimentaram com sopa de aveia, fui despojada do Cetro e das calças de sarja. Fechei os olhos enquanto meu rosto sujo de lama era lavado e deixei me tirarem a Faixa. Fui vestida com uma camisa de linho e ceroulas. Moscas de setembro entre os vidros da janela, os joelhos roçando a manta áspera. Bedan desaparecida repentinamente. Branco ovalado.

Pelas manhãs, ainda deitada na cama, com o rosto virado para a parede, ouvia Gustava buscar o penico no meu quarto. Uma vez, ela ficou parada por um bom tempo atrás de mim, respirando e aguardando. *Cesárea*, ela disse em voz baixa e suplicante, porém não respondi nem me virei para ela. Eu estava esperando pela Esquálida, que ela voltasse de sua longa noite e me desse novas instruções:

"E aquele que traz o cetro apagará o fogo do dragão e será levado aos tronos do céu."

No décimo sexto dia, chegou o dr. Eldh.

Estado entre a vigília e o sono. A neve veio cedo e abundante no inverno em que o mestre Valdemar chegou a Lilltuna. Crosta de gelo. O frio estalava entre as paredes. Eu ficava deitada na cama debaixo de três cobertores de lã, e de manhã a ponta do meu nariz estava azulada e dolorida. Nas noites mais frias, Fanny vinha e dormia comigo. Ficávamos de costas uma para a outra e, dessa maneira, nos mantínhamos aquecidas. Durante o sono, eu me virava para ela, que me desvirava e, assim, me despertava. Não fazia mal, porque, quando dormia com Fanny, as recortadas sempre me deixavam em paz, meu sono era cristalino e desprovido de sonhos. O frio da noite assoviava nos vidros da janela. O metal no trenzinho de brinquedo e as bailarinas dobráveis que o dr. Eldh tinha me dado ficavam frios como gelo. Ele não veio passar o Natal como tinha prometido. Quando Krantz voltou da cidade depois das compras, no pequeno trenó preso ao cavalo, trazia uma saudação de Natal, escrita apressadamente e com selo de estrelas e rosas natalinas, que me entregou sem ao menos tirar as luvas.

Feliz Natal, minha gatinha!

Em breve estarei com você novamente. Até lá, que a gatinha aproveite o pernil natalino de Fanny em Lilltuna e que faça suas orações à noite com grande devoção.

Que Deus a abençoe,

Dr. E.

Quando Fanny se cansou de ir ao meu quarto para me aquecer, passei a descer até a cozinha para dormir com ela junto ao fogão a lenha. Sua cama havia sido levada do dormitório até lá, assim como o sofá-cama para Hulda e Gustava dormirem. Não demorou muito para que a cozinha se tornasse um lugar abafado e fuliginoso. De noite, antes de dormir, Fanny nos obrigava a ficar de joelhos e juntar as mãos para rezarmos. O frio subia pelas tábuas do chão, passava através das camadas de tapete e penetrava nos nossos joelhos, deixando a pele enrugada e as pernas dormentes. Eu declamava o Pai-Nosso e os trechos indicados dos Salmos, mas, quando começava a bater os dentes de frio ou se não parava quieta durante a reza, Fanny me espancava com a palma da mão aberta sobre meu traseiro antes de deitarmos. Hulda e Gustava se deitavam no sofá-cama, uma de cada lado, e eu na cama com Fanny, que nos lia sobre Jesus Cristo e o lago de fogo, onde o Dragão Tentador deveria ser atirado.

De manhã, me sentava com as pernas balançando para fora da cama enquanto Gustava enrolava meus tornozelos e pés com faixas de lã, antes de eu calçar as botas forradas de feno para esquiar com Krantz entre os choupos do jardim. Sempre que esquiávamos, ele me deixava ir à frente, sem a corda e abrindo o caminho na neve. Uma luz afiada como um diamante caía através das imensas bolas de neve cristalizadas e penduradas nos galhos das árvores do jardim. Krantz fedia mais do que nunca quando esquiava, pois durante o inverno dormia junto aos animais, inclusive os carneiros e as galinhas tinham sido alojados com ele no estábulo. Lá dentro o ar era abafado e úmido, as janelas encardidas se tornavam embaçadas e eu me distraía escrevendo nelas meu nome com a ponta do dedo, enquanto ele calçava as botas. Os cabelos de Krantz estavam desgrenhados, apesar de Fanny sempre os cortar durante a sessão de limpeza de piolhos que fazia regularmente conosco. Se eu chegasse muito cedo no estábulo e o surpreendesse, ele sempre se levantava da cama com a mesma expressão de culpa. Começava a vestir lentamente as calças de sarja e me dirigia um olhar distante. Sob a camisa, tinha seu bastão delgado parado como um dedo indefeso, ainda que o tentasse ocultar.

Eu saía e me acomodava no tronco cortado de árvore lá fora, esperando e admirando a paisagem branca até que ele viesse caminhando com esforço pela neve, com as botas de esquiar e o gorro de pele na cabeça. Às vezes, eu passava esquiando pelos lugares mais estreitos entre as árvores do jardim, assim Krantz tinha dificuldade em me seguir e eu aumentava a velocidade, porém ele sempre conseguia me alcançar. Sempre realizava a mesma manobra, colocando-se na minha frente e bloqueando o caminho, e o canto de sua boca estremecia sob o peso do sorriso discreto e triunfante.

Ele já não preparava mais a pequena pista de patinação para mim, pois os patins não me serviam mais e o dr. Eldh não tinha me presenteado com novos, apesar de eu ter feito o pedido na minha lista de presentes. Estava preocupada porque já fazia tempo que o doutor não perguntava sobre a lista guardada na gaveta da mesa de cabeceira e tampouco comprara novos brinquedos ou roupas para mim. Eu me sentava à escrivaninha no meu quarto para praticar caligrafia e treinava a escrita rápida, enfaixava o peito cada vez mais apertado e, quando estava sozinha à noite, soltava a faixa e via que as bolhas estavam desiguais e dobradas como orelhas de carneiro. Eu aguardava ansiosamente ficar curada e que minha destreza com a pena trouxesse logo o doutor de volta para Lilltuna. Quando a gata entrava na cozinha para se abrigar do frio intenso, Fanny costumava lhe servir um pouco de leite fresco em um prato rachado, e eu ficava ao lado da gata enquanto ela bebia. Enfiava o dedo naquele líquido espesso, que ela lambia com sua língua áspera e, ao mesmo tempo, sentia um calor e uma pulsação estranha no meio das minhas pernas.

À noite, as recortadas voltaram a me visitar durante o sono e a escuridão, apesar de eu continuar dormindo lá embaixo com Fanny. Certas vezes eu era capaz de domá-las e de controlar os sonhos, conseguindo escapar daquelas criaturas enquanto sonhava com elas e me esforçava ainda mais para acordar. Porém esse método me trazia somente um alívio momentâneo até que outras imagens mais desagradáveis substituíssem as primeiras. Quando não eram as recortadas com seus rostos lisos e irracionais, podia aparecer o lago, primeiramente envolvido em uma atmosfera protetora, me acariciando com sua água marrom-clara, porém logo se transformava em um fogo feroz que escapava e me corroía os braços e o rosto. Outras vezes, o lago se tornava um olho inerte, me mirando obstinado, uma água indiferente da qual provinha um som cadenciado como o de um relógio que, a princípio, mal se ouvia, mas ficava cada vez mais intenso, segundos que martelavam implacáveis. Nunca tinha certeza se conseguiria me despertar para controlar as imagens ou se cairia direto dentro do olho.

Na véspera do Natal daquele ano, Krantz levou Fanny, Hulda e Gustava de trenó para a missa da meia-noite no vilarejo vizinho. Fanny vestia seu melhor casaco de pele, o preto. Fiquei na janela do quarto olhando-os desaparecerem por trás das árvores; tinham me trancado lá antes de sair. Era uma noite estrelada. O pinheiro estava bem podado nas escadarias da frente, o menino Jesus se encontrava no presépio que eu tinha ganhado do dr. Eldh, porém as pequenas luzes douradas tinham sido retiradas por Fanny antes de sair para que eu não me queimasse durante sua ausência. A portinhola da lareira tinha ficado bem trancada também. Fiquei brincando no quarto, mexendo nos brinquedos, até que ouvi a raposa gritar lá fora na floresta. O fogo da lareira se apagou, tornando o quarto muito frio. Li e reli o cartão de Natal e a carta vinda do continente, que eu havia guardado na gaveta da escrivaninha. Adormeci enrolada no cobertor de lã no chão junto à lareira.

De madrugada, Krantz veio até meu quarto e me carregou para o leito de Fanny na cozinha, onde continuei dormindo encostada no corpo quente dela. Quando ela se levantou para ir fazer as necessidades, ouvi Hulda cochichar com Gustava no sofá-cama. Dizia que tinha escutado falar que o doutor já estava de volta, que estava passando o Natal na cidade junto das filhas, em sua residência oficial, depois de retornar de sua viagem ao exterior. Não era estranho que ele ainda não tivesse vindo para Lilltuna? Embora fosse compreensível que quisesse passar o Natal com seus familiares mais próximos e mais queridos depois de uma viagem tão longa. Eu ouvia a risada de deboche na voz de Hulda, pois ela sabia muito bem que eu a estava escutando.

Adormeci com o calor do fogo e fui acordada diversas vezes por Fanny me segurando pelos ombros e me virando para o outro lado da cama.

O Ano-Novo chegou, acompanhado de janeiro.

Eu ainda aguardava o dr. Eldh.

Se não conseguia voltar a pegar no sono depois de Fanny ficar me virando na cama, eu sentava na janela com o cobertor de lã enquanto os outros ainda dormiam. Via a raposa atravessar o pátio correndo, o lince se esgueirar ao redor do estábulo onde as galinhas e os carneiros o provocavam com seus odores. Céu preto, salpicado de estrelas. A lua crescente e inerte sobre as casinhas cobertas de neve. Às vezes o vento soprava forte no quintal, e em muitas noites nevava violentamente, mas também acontecia de tudo ficar parado lá fora, noites claras e brancas, com coberturas de neve brilhando ao luar.

Foi em uma dessas noites que ouvi o chamado vindo da neve.

Vinha do jardim e se parecia com o pranto de um ogro. Eu me virei para os outros, porém ninguém se mexia, apesar de o choro se repetir várias vezes. Fiquei com medo de que viesse de dentro da minha própria cabeça. Passado um momento em silêncio, o grito soou pela última vez até se calar por completo.

Esperei um pouco antes de calçar as botas e vestir a capa de Fanny no vestíbulo. Apanhei um lampião e abri a porta da cozinha que dava para os fundos da casa. Andava com neve até os joelhos ao longo do caminho, quando a porta do estábulo, que não fora bem fechada, abriu subitamente por causa do vento, fazendo com que eu estremecesse e parasse ali. Foi quando vi os rastros desde o estábulo, passando por baixo do olmo na entrada do jardim, e o grande fardo jogado sobre a neve com a mortalha preta espalhada ao redor. Quando me aproximei com o lampião, percebi que era Krona quem jazia ali junto ao olmo, e havia sangrado tanto que seu sangue formava uma poça escura à sua volta. Ela estava deitada de lado, com o abdome saliente sob a pelagem vermelha e, de seu traseiro, despontava a cabeça peluda do bezerro que estava por nascer. Ele ainda estava de olhos fechados, coberto do vérnix de Krona e com a língua azulada pendurada para fora, sob as narinas. O filhote havia sido estrangulado ao nascer, se é que já não havia morrido dentro do útero. Fiquei parada ali por um instante, olhando para eles. A luz da lanterna fez brilhar o canto dos olhos do bezerro, e percebi que o mesmo se passava com Krona. Como se lágrimas pudessem escapar dos mortos e eles estivessem chorando.

Eu me acomodei na encosta ao lado deles, a luz do lampião se sacudia e por fim se apagou. Começou a nevar de novo, e já amanhecia quando Krona ficou completamente coberta pelos grandes flocos de neve, como se a camisola de um anjo a houvesse envolvido na noite de morte. Foi então que se ouviu uma forte batida de dentro do estábulo e a porta se abriu de supetão. Diabos!, gritou Krantz, ainda atordoado de sono, aproximando-se a passos largos de mim e de Krona. A cabeça prematura do bezerro, com suas pálpebras fechadas, já estava oculta sob as camadas de neve.

Passou a nevar em profusão durante toda a manhã, enquanto Krantz fazia um grande esforço para arrastar o cadáver de Krona sob o olmo, colocando-o na carroça e levando-a de volta para o estábulo. Eu estava sentada à mesa da cozinha comendo sopa de aveia, bebendo o leite morno e olhando tudo pela janela. A cabeça do bezerro se sacudia lá atrás, sobressaindo do corpo da mãe. A escuridão baixou e envolveu Lilltuna, até que os rastros do cadáver arrastado por Krantz pela neve já não pudessem mais ser avistados.

Eu adorava quando relampejava sobre Lilltuna. Entrava no depósito e me acomodava em cima do amontoado de lenha, ficava com os pés, escuros e queimados pelo sol do verão, balançando no ar. Pegava emprestada a faca de bolso de Krantz e raspava a sujeira das unhas com ela. Sempre pressentia quando o dr. Eldh estava para chegar, cuspia na barra da saia do vestido e me olhava no pedaço de espelho que Krantz tinha no estábulo, esfregando o rosto para tirar a sujeira, calçando os pés com os sapatos de verão. O doutor, muitas vezes, demorava para chegar, mas sempre acabava vindo. Eu fazia uma coroa de flores do campo para enfeitar as tranças, dava voltas para evitar passar por perto dos montes de esterco recolhidos por Krantz, para que minhas roupas não se impregnassem com o mau cheiro, me deitava de bruços no telhado do gazebo e ficava olhando fixamente para a estrada. Quando a carruagem despontava por detrás das árvores, eu descia e ia correndo até a frente da casa, onde Fanny me aguardava nas escadarias se já não tivesse ido atrás de mim com os sapatos de festa nas mãos. Eu me esforçava para ser paciente enquanto o doutor descia e batia a porta da carruagem. Fazia uma reverência, aceitava o carinho na cabeça, ia para meu quarto e esperava ser chamada para as aulas. O aroma do café feito por Fanny se espalhava por todos os aposentos da casa. Quando eu subia na janela do meu quarto, ouvia o tilintar da louça vindo da biblioteca no andar de baixo a cada vez que o doutor, devidamente acomodado em sua poltrona, levava a xícara aos lábios. Ele apreciava se sentar junto às janelas abertas, a primeira coisa que fazia quando chegava era deixar o ar fresco se espalhar pelo aposento depois de ter ficado fechado durante todo o período da sua ausência, pois nem sequer Fanny era autorizada a tirar o pó das prateleiras e do vidro ovalado do porta-retrato de suas filhas. Ele ficava sentado ao lado da janela com seu café e sabia que eu o escutava. Passado um momento, me chamava até ele. Colocava a pena de aço sobre a escrivaninha de nogueira fazendo um leve estalido. Eu a apanhava imediatamente, molhava a ponta na tinta e a apoiava sobre o papel, direcionava o olhar ao rosto do doutor, aguardando por suas palavras. O inquieto céu de verão lá fora. Lilltuna brilhava. Ele sempre me chamava de gatinha, ou de molequinha, ou de amorzinho. Somente quando começava a chorar é que me chamava pelo meu verdadeiro nome. O clarão do relâmpago, o tardar do raio antes de atingir o jardim. Ele deixava as janelas ficarem abertas para que ventilasse, até mesmo quando a chuva penetrava no aposento, fazendo os vidros estremecerem. Com a pena de aço, eu dava forma às letras sobre o papel enquanto a água resvalava sobre os parapeitos formando poças sobre o chão, como no início de uma inundação. Pensava na luz abençoada sobre Lilltuna, nos cervos que corriam em bando através do jardim durante as noites cálidas, pensava no osso da pélvis da esquálida que jazia liso e gasto na gaveta direita da escrivaninha do dr. Eldh.

Pressionei a pena entre o indicador e o polegar, traçando as letras em linha reta sobre os papéis trazidos da cidade para mim, e comecei a escrever:

A respeito do método de examinação médica: por meio de uma palpação bimanual, durante uma visita domiciliar, pode-se utilizar uma mesa comum coberta por uma manta no lugar da maca. A paciente se deita em decúbito dorsal, com as pernas dobradas na altura dos joelhos e do quadril, posicionando os pés na parte inferior da mesa. A cabeça e a parte superior das costas são elevadas por um travesseiro em oblíquo. Deve-se retirar o espartilho, desabotoar o vestido, assim como todas as cintas, até que o traje íntimo possa ser removido por baixo e o vestido pela parte de cima do corpo, oportunizando o acesso ao abdome. Depois de se examinar atentamente a forma do órgão, realiza-se uma palpação geral e minuciosa da superfície do corpo. Havendo necessidade de uma investigação interna, poderão ser utilizados pinças, espelho uterino, alicates e uma colher afiada. Deve-se ter em mente que à pergunta inicial sobre a última menstruação, seja por peso na consciência ou por receio de ter contraído alguma enfermidade durante o coito ou a defloração, as repostas dadas pelas pacientes podem se mostrar enganosas, prejudicando o resultado do exame. Há, no entanto, uma grande variedade de pacientes, porém fáceis de serem identificadas pelos profissionais mais experientes. Entre elas encontramos: a eloquente, a tímida e a relutante. Mulheres solteiras, no geral, são as que fornecem uma maior quantidade de informações incorretas, apesar de saberem que serão refutadas no próximo momento da investigação e ainda em casos tão óbvios como aqueles em que introduzem objetos insólitos na vagina, um acontecimento nada incomum. No caso de esse objeto vir a causar ferimentos ou fissuras, poderão ser utilizados facas e alicates aquecidos. Os objetos encontrados no corpo da mulher são numerosos e introduzidos de forma intencional, com diferentes fins e razões, como a masturbação, a demência ou, ainda, para provocar um aborto criminoso. Já foram encontrados grampos de cabelo, sondas, catéteres, pedaços de ferro, vidros de pomadas, garrafas, pedaços de candelabros, trombetas infantis, carretéis de linha, pontas de charuto, colheres de sopa, pentes, estojos de tesoura, brinquedos, partes de roupas ou de cobertas, pedaços de madeira, puxadores de armários...

Quando o frio açoitava o piso da cozinha e Fanny ia remexer a brasa, fazendo muito barulho com a louça e as panelas junto do fogão, Hulda se virava no sofá-cama que dividia com Gustava e começava a cochichar que, agora, eu devia ter muito cuidado ao adormecer, porque a alma de um criado morto ia me arranhar com suas unhas ensanguentadas diretamente de sua tumba secreta debaixo do chão junto da minha cama. Claridade de inverno. Reflexos azuis sobre o branco granulado.

Juntei as mãos para a oração da noite, ouvindo a ama Fanny ler em voz alta sobre o lago em chamas. Janeiro passou.

Foi naquela noite em que Krantz chegou e sacudiu a neve das botas, depois da função com Krona debaixo do olmo, que Gustava escutou, do depósito onde havia ido buscar lenha, o trenó puxado pelos cavalos se aproximar pela estrada. Redemoinho de neve, quase tempestade. Fanny olhou primeiramente para Gustava, que estava na entrada da cozinha, vermelha e com falta de ar, e depois avistou Krantz, que ainda de botas saiu carregando o lampião para ver o que estava acontecendo. Senti meu coração bicar dentro do peito, como se fosse um passarinho faminto, passei os dedos sobre a faixa, arrumei a saia sobre o odor de peixe e de morte. Quando o trenó entrou no pátio soterrado de neve, fiquei parada junto à janela, acompanhada por Hulda e Gustava, olhando para fora. Nossas sombras se desprenderam, formando quadros de luz e refletindo sobre a neve; o cocheiro se encurvava devido ao frio, enquanto amarrava os cavalos. Em seguida, a porta do trenó se abriu e o dr. Eldh desceu. Tinha as bochechas mais arredondadas depois da longa viagem e, sob a cartola, os protetores de orelha. A geada havia mascarado suas sobrancelhas e barba, eu não conseguia identificar a expressão no seu rosto. Ele acenou e chamou Krantz, que deixou o lampião na escada da cozinha e se debruçou sobre o trenó, de costas para nós, começando a revirar lá dentro.

Em seguida, aquele que se autodenominava mestre Valdemar se encontrava sobre a neve do pátio, apoiado em Krantz e no doutor, jogando a cabeça de um lado para o outro, sob os próprios cachos dourados. Tinha os olhos ocultos pelos cabelos e não trazia chapéu. Com muito esforço, dirigiram-se até a casa, com o cacheado cambaleando e escorregando sobre a neve macia, os pés calçados em sapatos de festa já muito gastos. Quando chegaram mais perto, pude ouvir que ele ria e relinchava, falando de um modo muito esquisito e estridente tanto ao ouvido de Krantz como ao do dr. Eldh. Ninguém lhe respondia, só olhavam em frente com os rostos fechados, levemente encurvados devido ao peso do cacheado. Assim que subiram alguns degraus, de repente o homem levantou a cabeça, tornando seu rosto visível. Ele sorria abertamente como um tonto, me encarando direto através da janela com seus olhos verdes vidrados, contornados por cílios claros. Eu não sabia dizer se estava olhando para mim ou através de mim, porque, por um instante, fui sugada pela escuridão infinita de sua pupila. Quando Fanny abriu a porta, a neve invadiu o vestíbulo, então ela saiu correndo para apanhar lençóis e cobertores do armário enquanto Krantz e o doutor entravam com o cacheado pela porta da cozinha. Ela mandou que Hulda e Gustava trouxessem uma cama e acendessem o fogo na lareira dentro da biblioteca.

Enquanto elas ainda aqueciam a biblioteca, o cacheado deitava na cama de Fanny na cozinha, onde Krantz o havia acomodado. Estava deitado de costas, com os braços ao longo do corpo e para fora da cama, tinha a boca aberta e já caíra no sono. Sentei no banco ao lado de Krantz e do dr. Eldh, tomando a sopa de vitela de Fanny. Os dedos do doutor estavam avermelhados e machucados por causa do frio. As costeletas anuviadas, seu perfil inacessível. Ele sugava o restante da sopa, ainda não tinha acariciado minha cabeça desde sua chegada. Depois de terminar de comer, foi até Fanny e ambos trocaram algumas palavras inaudíveis, com a cabeça voltada para o outro lado, e me debrucei mais ainda sobre o prato de sopa. Depois, o doutor foi deitar no seu quarto, também já previamente aquecido.

Aquele que se autodenominava mestre Valdemar ainda estava deitado na cama da cozinha, com seus sapatos gastos e os braços abertos como em uma cruz. Eu observava as linhas retas e barbeadas de sua mandíbula e as marquinhas de frio em suas bochechas. O sono fazia com que as pálpebras naquele rosto bem definido estremecessem irregularmente. Depois de raspar o prato de sopa, Krantz se levantou e se encarregou sozinho do corpo inanimado na cama de Fanny. Levou o cacheado até a biblioteca, acomodando-o sobre os lençóis limpos e tirando suas meias molhadas, assim como os sapatos. Eu estava parada na porta, examinando aqueles pés pálidos cobertos de pelos desalinhados que cintilavam à luz do candelabro. Os dedos dos pés eram compridos e engraçados, se pareciam com os dedos das mãos. As unhas estavam bem cortadas, o cacheado bufava um pouco durante o sono, como um cavalo ou uma criança pequena. Depois, quando deitei de costas para Fanny na cama da cozinha aquecida, restava ainda o odor de conhaque e água de rosas deixado pelo cacheado sobre as cobertas. O ruído dos camundongos brincando e correndo dentro dos armários. Assim foi a primeira noite.

No meu quarto, os sonhos que tinha quando criança nunca eram os mesmos, porém semelhantes uns aos outros. Havia o olho de fogo recorrente onde o tique-taque do relógio podia ser ensurdecedor, havia as cabeleiras pretas do outro lado da margem, que ficavam acenando, havia as magras criaturas que cravavam as garras e os dedos em mim e não tinha como me defender, pois eu mesma as tinha tirado das trevas, assim como se recortam bonecas de papel ou de pano.

Havia outros sonhos também, mais tranquilos e que sempre se repetiam. Em um deles, eu andava pela casa inexplicavelmente escassa de mobiliário e, no meio da sala, avistava uma planta estranha que tinha nascido dentro do piso. A planta era parecida com uma roseira preta, com pétalas macias como veludo, e, no instante que me debruçava para colhê-la, ela se desmanchava como cinza entre meus dedos. Em outro sonho, eu estava na plantação de batatas e via um vulto ao longe, na linha do horizonte, porém, quando começava a me aproximar, ele havia desaparecido e, lá onde o campo terminava, restava somente um vazio branco, espesso e granulado. Quando eu enfiava a mão na brancura, acabava despertando. Em um terceiro sonho, eu levava o bisturi de dissecação e cortava um corpo de forma indefinida, com uma pele muito fina distendida sobre os ossos e as vísceras, cujos contornos nodosos mal podiam ser percebidos. Quando o corte havia ficado grande o suficiente, eu introduzia a mão diretamente no local e arrancava um frio absoluto das entranhas. No momento que a retirava da cavidade, minha mão tinha se congelado e, quando dobrava um dedo, ela se espatifava como se fosse o mais fino dos cristais.

Depois de ter trazido o cacheado, o dr. Eldh passou somente uma noite em Lilltuna antes de regressar ao trabalho e às filhas na cidade. Cerração sobre o jardim, fim da neve. Na manhã seguinte à sua chegada, ele se acomodou no salão, onde lhe foi servido chá de jasmim acompanhado dos pães assados por Gustava, com manteiga e marmelada. Em seguida, mandou chamar a ama Fanny e pediu que ela fechasse a porta atrás de si. Calçando duas meias em cada pé, parei no corredor, sentei no chão com *A flora* e o caderno e ouvi as vozes do doutor e de Fanny lá dentro, sem conseguir distinguir as palavras ditas por eles. O mestre Valdemar ainda dormia sob o relógio de parede, enrolado nos cobertores de Fanny. Quando me cansei de ficar ouvindo escondida, fui embora dali. Fiz três bonecos com a neve macia que tinha caído durante a noite quando o frio abrandara e, depois, acabei chutando e destruindo todos. Os chapins se aglomeravam em volta das migalhas que eu tinha usado para fazer os olhos e a boca dos bonecos de neve. Lá dentro, debaixo do lustre de cristal na sala de jantar, eu vislumbrava o rosto de Fanny, sentada em frente ao doutor. Ele estava de costas para a janela, e somente a parte de trás de sua cabeça coberta pelos fios prateados se destacava entre os vidros embaçados. Fui até o celeiro, Krantz estava sentado no banco com suas botas de esquiar bem atadas, parecia estar incomodado ou triste. Ele me entregou o par de esquis que o doutor tinha me presenteado no Natal anterior, então abri uma trilha na neve que endureceu rapidamente, tornando-se muito lisa, e assim esquiamos pelo jardim durante toda a manhã. De longe, eu via a lâmpada verde iluminando a penumbra da biblioteca e, lá embaixo na varanda, o cocheiro estava sentado no banco e encostado na parede, no meio de uma nuvem de fumaça que saía de seu cachimbo, aguardando o doutor. Ele ergueu a mão para acenar para nós, e voltamos esquiando para casa. O sol se escondeu atrás das nuvens enquanto a neve reluzia suavemente ao crepúsculo. Em seguida, parada nas escadarias, recebi o carinho na cabeça durante a despedida do dr. Eldh, que usava luvas e parecia distraído. Ele não havia me pedido para acompanhá-lo à biblioteca nem para tocar algo ao piano, nem sequer tinha me chamado à sala de jantar para comer com ele. Apenas sorriu distante e amigável ao se ajeitar no trenó: *Adeus, minha gatinha*, disse, *nos vemos em breve*. Fechou a lona para cobrir o trenó, que deu uma volta no pátio e desapareceu. Fresta de luz nas bordas do céu antes que a escuridão do final de tarde envolvesse Lilltuna. No jantar, fiquei remexendo a sopa de ovos enquanto Fanny colocava o prato de pés de bezerro na bandeja e servia uma pequena quantidade de vinho de abrunho em uma taça de cristal, para levar cuidadosamente até a biblioteca e oferecer ao cacheado. Adormeci com os ruídos das conversas entre Hulda e Gustava no sofá-cama e nem sequer pensei no novo par de patins que o doutor tinha se esquecido de me dar de presente.

*

O cacheado dormiu durante uma semana inteira em Lilltuna, até que Hulda e Krantz fossem de trenó até a cidade para fazer compras. Ele não incomodava em nada, não fazia barulho, mas lá de fora eu via o lampião ainda aceso dentro da biblioteca durante os dias. A luz do amanhecer estava nebulosa e cinzenta quando Krantz carregou o trenó que havia estacionado junto à escada da cozinha com cestas e sacos vazios. Neve enrijecida. Hulda olhava insistentemente para mim, seu rosto estava pálido e arredondado, como uma lua cheia e debochada, destacando-se pelo cachecol grosso de inverno que tinha enrolado várias vezes em volta da cabeça.

Mais tarde naquele mesmo dia, me sentei ao piano para praticar, porém ele emitia um ruído desagradável e muito desafinado, pois fazia tempo que o doutor trouxera o afinador até Lilltuna. Fanny entrava e saía da biblioteca com os pratos cheios e arrumados na bandeja na hora das refeições. Ela fechava a porta atrás de si a cada vez e a bandeja voltava vazia para a cozinha. Quando o trenó retornou no final da tarde, eu estava parada na escada da cozinha e fiquei observando Krantz, que descarregava as cestas cheias do trenó, enquanto Hulda continuava sentada debaixo da coberta atrás do saco de farinha, como se estivesse chupando uma bala invisível. Ela olhou para mim com uma expressão misteriosa no rosto até que Krantz a mandou descer do trenó de uma vez por todas e ajudar. Eu sabia que ela tinha algo importante para me contar, alguma novidade que trazia da cidade.

Mais tarde na cozinha, quando Fanny foi levar o jantar para o cacheado, Hulda depenava as galinhas sentada no banco ao lado de Gustava. Foi então que disse que tinha ouvido falar de muitas coisas lá na cidade, fazendo uma pausa na sua tarefa e baixando as pálpebras. Um sorriso debochado se espalhou em seu rosto e ela passou a arrancar as penas com movimentos mais vagarosos e zombeteiros. Sentada, eu me balançava sobre a pilha de lenha junto à porta, ainda calçando as botas. Lá fora estava um breu e a lenha estalava no fogão ao queimar.

O que Hulda tinha ouvido ao fazer compras na cidade?, perguntou Gustava no silêncio que se instalou, com os olhos um tanto arregalados, e depois completou, perguntando se a querida Hulda não poderia nos fazer o favor de contar o que aconteceu, antes que Gustava explodisse. Hulda, muito pensativa, passou a ponta da língua rosada no canto do lábio, como um gato melindroso, saboreando as palavras como se tivesse algo doce na boca antes de dizer que o cacheado, pelo jeito, era um cavalheiro muito rico e importante, oriundo de Copenhague. Ele tinha vindo à cidade no outono anterior, como um visitante forasteiro, e esse senhor, que atendia pelo nome de mestre Valdemar, era um tipo notável e singular. Essa tinha sido a conclusão a que Hulda havia chegado depois de ouvir seus conhecidos comentarem o assunto, pois o visitante tinha se tornado uma celebridade logo depois de ter chegado à cidade. Ele fez amizade com todos, tanto com a gente distinta quanto com o povo, Hulda afirmou, me encarando por um momento. O mestre Valdemar tinha conquistado muitos amigos e conhecidos, entre eles o dr. Eldh, que, pelo visto e pelo que Hulda entendera, havia retornado de sua longa viagem ainda no início do mês de setembro, porém só viera para Lilltuna recentemente, já que tinha ficado com as filhas na cidade durante o outono e com seu novo amigo, o mestre Valdemar.

Olhei de soslaio para Hulda, chutando a lenha com os calcanhares. Ela repousou as mãos sobre o peito da galinha depenada por um momento antes de dizer que esse mestre que agora dormia lá na biblioteca do doutor, segundo os rumores, era também muito próximo da corte em Copenhague, onde ocupara o posto de maestro da capela real ou pintor, pois aqui os boatos se distinguiam um pouco. Gustava chegou mais perto.

Hulda contou que, enquanto andava entre as bancas do mercado ao lado de Krantz, alguém falara que ninguém sabia se o cacheado se hospedava na cidade para descansar de seu serviço valoroso na corte ou se havia criado alguma inimizade lá em Copenhague, encontrando-se agora em exílio. Outros afirmavam que ele não era amigo da corte coisa nenhuma, e sim um conde afrancesado solteiro, porém eram muitas conversas que nem sempre podiam ser levadas a sério ou confirmadas. Os olhos de Hulda brilhavam conforme ela chupava a bala. Mas e então?, perguntou Gustava, ansiosa. Bom, de qualquer maneira, respondeu Hulda, o tal mestre Valdemar tinha feito muitos conhecidos na cidade até o fim do outono e conseguiu que lhe oferecessem a tarefa de reger uma orquestra com os melhores músicos locais — ela engoliu, preparando-se para continuar, e foi então que a porta se abriu de supetão e, em seguida, Fanny entrou na cozinha.

A lenha me arranhava o traseiro; lá fora as estrelas brilhavam e eu sentia uma ardência debaixo da pele ao pensar no cacheado e no dr. Eldh, tremores faziam meus membros arderem. Hulda se calou imediatamente conforme Fanny andava pela cozinha executando suas tarefas antes de se deitar. Bebi meu leite, vesti a camisola e ajeitei as tranças sob a touca de dormir. Deitei debaixo da coberta na cama de Fanny, sentindo os olhos de Hulda grudados na minha nuca e, a cada vez que eu a olhava, ela desviava o olhar com seu sorriso malicioso espalhado pelo rosto.

Somente depois de ela se ajeitar debaixo da coberta no sofá-cama junto com Gustava e de Fanny ir à latrina foi que continuou a contar a história. Com a voz rouquenha e ansiosa, meio cochichando, disse que o cacheado na verdade parecia ser um homem muito especial e distinto. Quando ele fora convidado para reger a orquestra no salão da baronesa Gyllenclou, que era o local que os cavalheiros da Sociedade da Ciência costumavam frequentar para se reunir e beber *punsch* depois das reuniões, ninguém havia sequer erguido a sobrancelha ou se questionado, pois o próprio cacheado tinha afirmado ser um maestro muito bem-sucedido da corte de Copenhague, dispondo de muitas recomendações e méritos.

Passou-se, então, o seguinte: naquela noite, enquanto os cavalheiros, as damas e os membros da Sociedade chegavam à ampla residência e a orquestra afinava os instrumentos, o mestre recebia os convidados acompanhado pela baronesa. Ele andava ao longo das cadeiras enfileiradas pelo salão, com as mãos enluvadas e entrelaçadas às costas, cumprimentando cada um dos recém-chegados, quase como se o evento lhe pertencesse. A baronesa, primeiro, o havia seguido com um olhar confuso devido ao comportamento tão pouco usual do mestre, porém logo ficou resignada, tolerando que o cacheado andasse pelo salão inspecionando tudo em todos os detalhes, quem estava lá, se as cadeiras eram confortáveis, se o local estava lotado. Depois de se certificar de que tudo estava sob controle, o cacheado foi andando com passos decididos até a frente da orquestra, posicionando-se de costas para a plateia. Ali ficou completamente imóvel, sem se virar, com os braços caídos ao longo do corpo, de olhos fechados e desprovido da batuta. O burburinho dos espectadores atrás do cacheado foi diminuindo e ele se parecia cada vez mais com uma estátua, até que todas as conversas e os ruídos desapareceram e um silêncio sepulcral se fez no salão, exceto pelo farfalhar dos fraques e das crinolinas. Hulda tinha ficado sabendo de cada detalhe por meio de uma criada que conhecia alguém que estava trabalhando naquela noite, encostada em uma parede com uma bandeja carregada de drinques para servir aos convidados. A criada contou que o clima ficara pesado no salão devido ao estranho comportamento do cacheado, pois ele permanecia na mesma posição desde o início e de olhos fechados, deixando o momento se estender de tal maneira que parecia uma eternidade.

A princípio, a expressão no rosto dos músicos foi de tensão e expectativa ao dirigirem o olhar para o cacheado e prepararem os instrumentos. O cacheado aparentemente havia se recusado a ensaiar com eles durante o dia, apelando para sua integridade artística, e aparecido na residência da baronesa somente alguns minutos antes de o evento da noite ter início. Quando o cacheado, passado aquele interminável momento e apesar do silêncio geral, ainda não havia se movido nem dado o menor sinal de tomar impulso, alguns músicos começaram a olhar de um lado para o outro, um deles inclusive deu risada, porém se calou em seguida e, por muito tempo, nada mais aconteceu, pois o cacheado continuava parado do mesmo jeito entre a plateia e a orquestra. Os instrumentos tinham tilintado e soado um pouco e, por acidente, um arco havia roçado as cordas de um violoncelo, o que fez com que o violoncelista se apavorasse, passando um bom tempo envergonhado e olhando fixo para os próprios sapatos.

O silêncio se tornara pesado e constrangedor dentro do salão, aqui e ali se ouvia um farfalhar, um calafrio começara a percorrer a espinha da amiga de Hulda devido a essa situação alarmante e seus braços doíam muito de tanto segurar a bandeja pesada. Foi então que o cacheado finalmente, como se comandado por um sinal invisível, começou a erguer devagar as mãos no ar, abrindo-as em formato de coroas ou garras, deixando-as acima da cabeça à maneira de quem carrega um bebê, tinha dito a amiga, levantando-o à luz do lustre de cristal, como se fosse contra o sol. O silêncio era agora excruciante, porque ninguém, nem da orquestra tampouco do público, havia presenciado essa maneira de reger, se é que era isso o que o cacheado pretendia fazer. Não parecia que ele tinha algum problema na cabeça?, os criados se perguntavam depois lá na cozinha, não era ridículo isso que o cacheado fazia com as mãos, erguidas solenemente ao céu, como se segurasse um tesouro? Sim, havia algo presunçoso demais e quase fingido ali no salão da baronesa, era o que se comentava na cozinha, porém ninguém sabia dizer com exatidão o quê. Durante o tempo que o cacheado esteve parado e tão convencido de si mesmo, os cavalheiros ficaram em um estado de hipnose em suas cadeiras, alguns boquiabertos, abanando-se com as plumas, enquanto acompanhavam os movimentos do maestro, como as pessoas finas fazem quando já aguardaram por muito tempo pela surpresa e por algo especial. Foi então que o músico sentado ao piano, com uma expressão assustada e o olhar fixo no cacheado, tocou repentinamente o primeiro acorde. De imediato, os outros músicos começaram a acompanhá-lo. O cacheado, ainda de olhos fechados, começou a desenhar e a sacudir as mãos no ar de uma maneira nunca vista antes, a pergunta descabida era se essa encenação se tratava de um grande dom artístico ou seria outra coisa completamente diferente. A partitura foi tocada com tal intensidade que as paredes do salão da Residência Gyllenclou estremeceram. Os braços da amiga de Hulda doíam horrivelmente e os aplausos não pareciam querer terminar quando o cacheado, ao final, virou-se para a plateia, fazendo reverências para todos os lados e por muitas vezes. A amiga de Hulda não tinha conseguido dormir a noite toda devido a tanta emoção e dor nos ombros. Por trás do maestro, encontrava-se a orquestra, com suor escorrendo brilhante na raiz do cabelo e uma expressão confusa. Os traços suaves do rosto do cacheado cintilavam igualmente sob o lustre de cristal, e seus olhos verdes brilhavam sob a franja enrolada.

Durante o jantar que se seguiu, enquanto a amiga se apressava em servir as mesas com os demais criados, o cacheado mantinha uma conversa muito animada e íntima com os convidados, e foi aí que ela percebeu que parecia haver uma aura muito fora do comum ao redor do maestro.

Um bom tempo depois que o inverno tinha começado, o mestre passou a reger a orquestra no salão da baronesa Gyllenclou, e apesar de a cada vez a música ficar mais bonita, ele continuava se negando a participar dos ensaios. Durante os dias, era possível vê-lo passeando pela cidade com sua cartola brilhante na cabeça, acompanhado por algum membro da Sociedade ou por outro cavalheiro qualquer, sempre mergulhados em conversas sob o céu nublado. Novembro avançava para dezembro. A neve chegou.

No Natal, a amiga de Hulda foi fazer um serviço extra na Mansão Eldh e pôde se reencontrar com o cacheado.

Havia muita movimentação e muitos convidados e, correndo com as bandejas e travessas através do salão, na hora de servir o conhaque depois da ceia, ela vislumbrou o cacheado no centro de um grande grupo de convidados, com o dr. Eldh e as duas filhas a seu lado, contando sobre suas experiências lá na corte ou alguma outra história singular que vivenciara durante suas viagens ao sul do continente. Aquele que se autodenominava mestre Valdemar tinha um poder de encanto sobre as jovens donzelas, era o que a amiga de Hulda percebia. As damas se aglomeravam ao redor dele, o que parecia agradar ao dr. Eldh, sentado em sua poltrona de couro no canto da sala, bebericando uma taça de *punsch* e escutando as conversas do cacheado, que, por sua vez, olhava para o doutor de vez em quando com seus olhos verdes e sorriso agradável. O cacheado era assim mesmo, a amiga tinha dito, quando uma pessoa o conhecia ficava simplesmente encantada. Em outra ocasião, enquanto ela estava a caminho da cozinha, passou por ele fumando com o doutor junto a uma janela aberta. Eles pareciam se divertir e conversar como velhos amigos. Ela passou e escutou o doutor afirmando que os cientistas e os compositores tinham muito em comum em diversos aspectos, sobretudo quanto à busca obstinada pelo desconhecido, e que a diferença entre o corpo humano e o instrumento musical não era tão grande como se imaginava. Ambos exigiam toque preciso e agudeza mental de de quem o manipulava para que as mensagens pudessem ser captadas e transmitidas para o mundo como um conhecimento novo e diferente. O cacheado tinha dado umas rápidas tragadas em seu charuto e assentido por trás da fumaça.

Depois, ele foi visto visitando a Mansão Eldh várias vezes durante as férias de Natal; uma vez ou outra se sentava com a filhas do doutor junto à lareira para brincar e contar histórias, e havia praticamente se tornado um filho na casa da família Eldh.

Hulda se calou.

Eu engoli em seco.

Uma rajada de vento passou, castigando o pátio e abrindo uma das janelas de supetão. Fanny ainda não tinha voltado da latrina.

Hulda não sussurrava mais quando começou a contar que algo inesperado tinha acontecido com o cacheado logo depois do Ano-Novo, pelo menos foi o que tinha ouvido de sua amiga. O que ocorreu foi que, em um dos eventos para o qual era esperado na casa da baronesa, ele não compareceu como deveria tampouco foi nos dias seguintes. Tinham enviado diversos mensageiros até o apartamento onde ele morava, porém todos regressaram dizendo que as luzes estavam apagadas e que ninguém lhes abrira a porta. Foi aí que outros rumores começaram a se espalhar, tanto nas cozinhas quanto no mercado, por exemplo, que o cacheado, no outono e no inverno, depois de ter ficado conhecido em toda a cidade, de ter feito sucesso como maestro e de manter boas relações com os senhores mais eminentes, havia ao mesmo tempo começado a se movimentar por conta própria durante as noites de outono que iam sendo alcançadas pelo inverno. Ele ficava até altas horas da noite frequentando bares e hospedarias, aquecendo-se pelos botequins de baixa categoria, onde já ficara conhecido de todos os criados e trabalhadores. Havia também boatos de que passava as noites em companhias duvidosas e com mulheres no apartamento em que se instalara por conta de seus admiradores, entre eles o próprio dr. Eldh, pois com eles tinha tido contato constante durante sua estadia na cidade. Uma vez, um trabalhador de fazenda conhecido de Hulda passou sob a janela do apartamento e escutou muitas coisas estranhas acontecendo lá dentro, coisas que nem temos vontade de comentar ou de repetir. O trabalhador tinha parado ali por um momento e olhado para a habitação, pois, pelo ruído que vinha dali, julgara que alguém estivesse precisando de ajuda, e foi então que viu uma mão enluvada se estender e fechar a janela, o que fez com que os ruídos emudecessem, porém ainda eram preocupantes, como se alguém uivasse lá dentro, de tristeza ou meio sufocado, ou como se o cacheado estivesse mantendo algum animal preso em sua residência.

Mas, afinal, o que se poderia dizer sobre isso? Nada mais era do que aquele velho tipo de conversa comumente ouvida nas cozinhas e nas bancas do mercado. Então, chegou aquela noite, logo depois do Ano-Novo, quando o cacheado não apareceu, deixando de se apresentar nas noites promovidas pela baronesa, enquanto as cortinas do apartamento onde estava hospedado permaneciam fechadas tanto de dia quanto de noite.

Desde então, tanto a amiga de Hulda quanto o trabalhador da fazenda não tiveram mais nada a contar.

Mas isso não tinha importância, porque ela mesma dera um jeito de descobrir o que havia acontecido, declarou Hulda de seu sofá-cama, com uma voz estridente e triunfante. Isso porque justo na outra noite, quando o doutor chegara a Lilltuna com o mestre,, ela havia enrolado um pretzel na barra de sua saia lá na cozinha, com a intenção de oferecer ao cocheiro, com quem tinha se acomodado no banco ao lado de onde o trenó estava estacionado, aguardando que o doutor o mandasse de volta para a cidade. Ela tinha oferecido o pretzel ao cocheiro ao conversarem um pouco e foi assim que juntou uma coisa com a outra.

Hulda parecia sorrir na escuridão enquanto falava. Antes de continuar, disse que naquela mesma noite o doutor havia contratado o cocheiro de última hora, prometendo-lhe uma boa quantia pelo serviço, e que ele deveria cobrir o trenó com a lona e levar o doutor de sua residência até a morada do cacheado. A neve de janeiro se mostrava empoada sobre a cidade e passou a cair intensamente como se uma tempestade estivesse próxima. O cocheiro esperou pelo doutor no trenó na rua, em frente à casa do cacheado. O doutor primeiro entrou na casa do desaparecido, porém, passados alguns minutos, saiu para a rua de novo e chamou pelo cocheiro, que atirou algumas moedas para umas crianças que passavam por ali vigiarem o trenó. Ele acompanhou o dr. Eldh, subindo pelas escadas até o apartamento do cacheado. Lá dentro, estava tudo muito estranho e escuro e, a princípio, o cocheiro nada enxergara, porém, quando seus olhos se acostumaram à penumbra, conseguiu vislumbrar que a morada estava em grande desordem e que, no chão da sala de estar, encontrava-se o cacheado prostrado. Parecia muito sujo, porém trajava roupas de festa dos pés à cabeça, rindo e balbuciando para si mesmo. O doutor, sem pronunciar nenhuma palavra, somente mandou que o cocheiro levantasse o mestre por baixo dos braços e o pusesse em pé. Em seguida, o doutor de um lado e o cocheiro do outro, levaram o cacheado até a rua. Lá chegando, enfiaram-no da melhor maneira possível dentro do trenó, cobrindo-o para que não passasse frio. O cocheiro pôde ver que o rosto do cacheado estava azulado e escurecido devido à aguardente ou a alguma outra sombra que desconhecia.

Imediatamente o trenó foi deslizando pelas ruelas entre redemoinhos de flocos de neve que enchiam o ar e, assim, abandonaram a cidade. A escuridão se mostrava espessa sobre a estrada e as lanternas do trenó se sacudiam a cada solavanco; o brilho amarelado caía sobre a neve, formando grandes manchas tremulantes.

Durmo com o corpo encostado à lareira, vedei bem a janela para o frio não entrar. Há dias em que o sol de inverno incide sobre as tílias por meio das frestas entre as cortinas, fazendo reluzir os grãos de poeira quando rodopiam no chão, formando colunas de luzes.

Pássaros noturnos.

Às vezes, me sentava ao lado do dr. Eldh para observar as árvores e as pastagens através da janela aberta da biblioteca quando ele vinha me visitar, eu tinha cinco, seis, sete, nove anos. As pétalas da branca-ursina balançavam ao vento no jardim inglês. Luzes diurnas de cor amarela ou turquesa.

O doutor podia se mostrar melancólico ou pensativo durante nossas lições junto à janela. Meu traseiro sob a saia doía devido à dureza do banquinho onde eu ficava sentada, porém não ousava me mover. Se o aposento se encontrava na penumbra e a luz lá de fora era intensa, eu me virava para olhar o vidro do relógio de parede. O reflexo que aparecia do quadro da janela lembrava uma pintura em miniatura de Lilltuna, ligeiramente arqueada pelo vidro, emoldurada por arabescos dourados, conchas, pequenas folhas pontiagudas e laços de fita. O dourado da madeira estava descascado por causa da umidade, o doutor nunca tinha trazido um artesão ou relojoeiro da cidade para arrumar o relógio, somente deixara que fosse ficando cada vez mais desgastado. Olhei de soslaio para o rosto dele, enquanto mirávamos as pastagens e uma parte do campo, tentando sempre imaginar que gestos e perguntas seriam da preferência do doutor, o quanto ele me queria perto ou longe.

Por que as bétulas perdem as folhas no inverno, mas os pinheiros não perdem as agulhas dr. Eldh?, perguntei.

Devido ao passar do tempo e à natureza distinta das espécies, respondeu ele evasivo.

Quando uma criança deixa de ser criança?, questionei.

Quando o infinito escapa dela, respondeu o doutor.

Nas ocasiões em que me pegava pela mão e chamava o cocheiro para que nos levasse a passear pelos arredores de Lilltuna, o doutor sempre levantava a capota da carruagem para que ninguém me visse. Ele apoiava seu antigo exemplar de *A flora* sobre meus joelhos para que eu pudesse comparar as ilustrações do livro com as plantas que avistávamos pelo caminho. Algumas vezes pedia ao cocheiro para parar junto a uma campina e nos sentávamos na grama alta. Então, eu podia colher flores do campo, que depois do passeio guardava entre as páginas das enciclopédias de medicina na biblioteca do dr. Eldh. Eu achatava e colava as partes das plantas nos cadernos que ele me trazia da cidade. Coberto por sua capa, o doutor se recostava contra uma pedra e adormecia lá no campo, enquanto eu andava em volta colhendo plantas. À distância, eu podia analisar seu grande rosto enquanto ele dormia. O sono do dr. Eldh normalmente era inquieto, com movimentos rápidos e repentinos que se esparramavam sobre seus traços, fazendo os globos oculares girarem sob a pele fina das pálpebras. Um pouco mais para baixo ficava Lilltuna. As telhas da casa principal reluziam ao sol, o celeiro, os estábulos, os montes de esterco que Krantz juntava, as vacas leiteiras deitadas sobre a relva do pasto.

Eu poderia levantar, chamar o cocheiro que estava descansando um pouco mais adiante com um ramo na boca, poderia contar a ele sobre Lilltuna, sobre a biblioteca com o relógio de parede e sobre a minha Criação. Ele talvez arregalasse os olhos de horror, me alcançando com a mão e me dizendo para entrar na carruagem para que me levasse embora dali o mais rápido possível durante o cochilo do doutor. Eu me sentava ao lado do dr. Eldh, que ainda dormia, e passava a trançar as flores em pequenos buquês, arrumava o chapéu para evitar que o sol me atingisse os olhos e não ia até o cocheiro para pedir ajuda. Esperava que o doutor abrisse os olhos novamente, sempre tinha a impressão de que o tempo parava quando ele dormia. Assim que ele despertava de seu cochilo na campina, me olhava sonolento e com um sorriso de arrependimento, murmurando meu nome com uma ponta de surpresa, como se voltasse de um sonho com um enigma solucionado. *Verdade que ela me perdoa?,* repetia ele com a voz embargada. *Certeza de que me perdoa?*

Eu o olhava sem compreender, com os olhos semicerrados devido à intensidade da luz do sol. Sorria e lhe entregava o buquê.

Então, ele se mostrava aliviado e cheio de ânimo, dando um leve puxão na minha trança, e se levantava da relva com as calças amarrotadas, sujas de grama e terra. Voltávamos para

Lilltuna. Naquelas noites, quando ele regressava para as filhas na cidade, eu adormecia no meu quarto com a cabeça cheia de pensamentos sobre margaridas, calêndulas, trevos, centáureas-azuis, dentes-de-leão, hortênsias, girassóis, lavandas, azaleias, madressilvas, orelhas-de-rato, miosótis, cravos, orquídeas, hortelãs, lírios, tulipas, cartanus, ásteres, camomilas, papoulas, crisântemos, amores-perfeitos, verbenas e violetas...

O frio havia amenizado. O doutor ainda não retornara depois da noite em que trouxera o mestre Valdemar no trenó até Lilltuna. O fogo crepitava no fogão a lenha. Lá fora, os cortes do arado dividiam o solo como as raias uniformes de uma grade. Dobras de nuvens pálidas em um céu amarelo-claro. Eu andava no trenó de madeira feito por Krantz sobre a última neve do ano, os pingentes de gelo desabavam do telhado e pingavam sobre o barril de guardar água da chuva, até que me mandaram voltar para dormir na minha cama no quarto do andar superior. Às vezes ouvia a movimentação de dentro da biblioteca quando tinha alguma tarefa a fazer e passava pela porta fechada, o ruído de um objeto que caía no chão, passos sobre o tapete. Acontecia de me encontrar com Fanny quando ela saía de lá carregando a bandeja, e ela sempre dava aquele olhar que me fazia voltar para meu quarto. A relva desnuda do inverno estava emaranhada e cinza por causa do peso das camadas de neve; os choupos se encontravam calvos e pretos lá no jardim. Eu recolhia pedacinhos de lenha e colocava para secar no depósito, construía um labirinto de galhos na colina, não ficava mais sentada escrevendo no caderno de anotações nem praticava mais a caligrafia. Os vestidos que o dr. Eldh tinha me comprado em suas viagens estavam esburacados, me apertando sobre as costas quando me sentava ao piano a pedido de Fanny. Eu tocava canções e valsas usando as luvas cortadas nas pontas dos dedos, pois ainda fazia muito frio dentro de casa; as teclas estavam geladas, porém ficavam aquecidas quanto mais eu tocava. O piano gemia, o doutor não vinha, muito menos o afinador. Os dias foram passando. No corredor, Fanny ia e voltava com a bandeja do mestre Valdemar, carregada com perna de cordeiro, purê de batatas, pernil e sopa de fígado, seguidos de uma xícara de café com uma dose de *punsch*. Durante o jantar, Hulda me observava do outro lado da mesa com seu sorriso debochado no canto da boca. Eu brincava na neve derretida do jardim, deixava a saia de lã ficar molhada até a altura dos joelhos. A luz do sol invadia todo o pátio e o meu quarto.

Março chegou.

Uma tarde, quando voltei do jardim para casa, o mestre Valdemar estava sentado em uma cadeira debaixo da varanda, enrolado nos cobertores da ama Fanny e com uma xícara de chá quente nas mãos. Eu não o via desde a noite de inverno em que ele chegara a Lilltuna. Seus dedos das mãos eram compridos como garras, assim como os dos pés. Ademais, ele parecia muito enfraquecido e pálido, me acompanhando com seus olhos verdes enquanto me aproximava da casa. *Toca muito bem,* disse ele quando eu estava perto o suficiente para ouvi-lo. Sua voz soava clara e singular, a pronúncia denunciava certo sotaque. Parei, fazendo uma breve reverência em direção a ele, antes de entrar para tomar minha sopa de aveia. Quando me acomodei para tocar piano novamente naquela noite, escutei as batidas do relógio de parede na biblioteca, a porta agora entreaberta, então sabia que o tempo estava passando outra vez. Aquele que se autodenominava mestre Valdemar andava lá dentro de um lado para o outro, parecia remexer nas pilhas de papéis e manuscritos do doutor nas estantes vazias, um leve tilintar de porcelana. Eu tentava visualizar seu rosto, as costas que se endireitavam, seus cachos rodeando a testa, talvez ele se acomodasse por um instante sobre o banco onde eu costumava sentar durante minhas lições. Fiquei pensando em quando me sentava junto à escrivaninha de nogueira com a pena de ganso e os papéis perfumados em frente ao dr. Eldh, lembrei-me do olho arqueado voltado para dentro de sua própria eternidade. Apoiei os dedos nas teclas do piano, tirei as luvas, apesar do frio de março que ainda corroía as paredes, e, em seguida, comecei a tocar.

Quando eu ainda era pequena, me deram um cordeiro de presente. Foi na época em que ainda me sentava no colo de Fanny na varanda à noite para tomar leite quente, e ela ainda não tinha começado a me tirar de sua cama ou a ler em voz alta sobre o Nosso Senhor Jesus Cristo para sufocar meus gritos, sentada na cadeira de balanço, e eu ainda adormecia envolvida pelo odor de tabaco e lavanda da pele dela. Estava sempre às suas voltas quando ela executava alguma tarefa, me agarrava à sua saia e queria colo. Fanny me levantava e me carregava. Eu ficava sentada com o coelhinho de pano e a boneca de saia de crinolina a seus pés enquanto ela se afundava no bordado e, a cada vez que eu subia em seu colo, ela deixava de lado o que estava fazendo para me dar atenção. Um dia ganhei o cordeiro. Krantz tinha vindo com a criaturinha escura nos braços para perguntar a Fanny o que deveria fazer com o animal. O cordeiro era pequeno e peculiarmente magro, havia sido rejeitado pela mãe ao nascer e depois pelas outras ovelhas do curral que tinham tido cria. Fanny levantou o cordeiro que estava pendurado no braço de Krantz e balia débil e, em seguida, me disse que agora deveríamos ser suas novas mamães. O pelo do cordeiro era escuro e brilhante, quase azulado, a lã crespa cobria seu corpo ossudo, enrolando-se de forma regular e esquisita, como um desenho ornamentado. Fanny apontava para ele e me dizia: olhe, menina, como o Nosso Senhor é capaz de criar tudo o que é belo e complexo neste mundo. Eu me sentava na varanda com o cordeiro no colo e lhe dava o leite que Fanny tinha botado em um pote de vidro com um bico na abertura. O sol ia desaparecendo por trás do telhado caído do depósito de lenha, e a luz do crepúsculo se derramava amarelada e quente, especialmente sobre mim e sobre o carneirinho lá onde estávamos. Ele bebia um pouco do leite, virando a cabeça peluda e lenta, e às vezes ficava olhando para as árvores do jardim como se esperasse por alguém. Eu o punha no chão da varanda e ele dava alguns passos até os tapetes de pano de Fanny, mas em seguida se sentava e ficava balindo ali, sem querer sair do lugar. Durante quatro noites, fiquei na cozinha junto com Fanny e o carneirinho dormindo sobre um amontoado de mantas que ela havia arrumado no chão, perto da nossa cama. Fanny dormia profundamente, mas eu acordava a cada vez que o cordeiro balia e se mexia no chão; então estendia a mão e a apoiava sobre o pescoço torto dele, fazendo carinho até que ele se acalmasse. No quinto dia, quando acordei, a cama de mantas, assim como o cordeiro, tinham desaparecido. Fanny me serviu a sopa de aveia, me botou o vestido com o avental, trançou meus cabelos enquanto eu lhe perguntava o que havia acontecido com o carneirinho. Finalmente me disse, com o rosto fechado e distante, que aquilo que é belo neste mundo nem sempre tem o dom de viver, o que era muito triste, e que eu não deveria mais fazer perguntas sobre o assunto. Não fiquei satisfeita com a explicação, passei o dia atrás dela perguntando sobre o cordeiro. Então, ela se cansou de mim, me mandando ficar lá longe na despensa da cozinha, onde deitei sobre os tapetes, amarrotando o vestido, gritando e chamando pelo carneirinho por um bom tempo. Fanny ficou com o rosto contraído e em silêncio, executando suas tarefas, porém mais tarde largou tudo o que tinha nas mãos, com exceção da colher de pau, deu três passos na minha direção e ralhou comigo. Naquela noite, me deitei na cama no meu quarto e fiquei choramingando por causa do cordeiro; Fanny trancou a porta e desceu para jantar com Krantz. Eu ouvia o pica-pau no pinheiro lá fora, gritei até ficar rouca, acabei adormecendo sem tirar o vestido e, de manhã, quando Fanny voltou, ele estava úmido e pegajoso. Ela ficou sentada por um instante na ponta da minha cama, de costas para mim, com o sol matutino brincando sobre o coque solto em sua nuca, de onde mechas de seus cabelos grisalhos tinham se soltado. Então, virou para mim, passando a mão sobre meu rosto e dizendo *coitadinha, que vida é esta para uma criança?* Ela me levantou da cama, tirou minhas roupas sujas, assim como os lençóis, e me levou para o andar de baixo, onde me pôs na banheira na cozinha. Soltou minhas tranças, despejando a água quente sobre minha cabeça com uma caneca. Ela tinha deixado a sopa de aveia para mim em fogo baixo sobre o fogão. Lá fora, o pica-pau picava novamente o pinheiro e o ruído estridente ecoava, misturando-se de maneira estranha ao da água que fervia, enquanto o sol se mexia devagar pelo chão. Luz avermelhada como o coral. Fui lavada, me secaram e comi. Não perguntei mais sobre o cordeiro.

Algum tempo depois, Fanny começou a me deixar dormir sozinha no meu quarto, e o carneirinho começou, repentinamente, a me chamar durante a noite desde o pátio. No início tapei os ouvidos com o travesseiro, mas ele balia cada vez mais alto e estridente, era impossível fazer com que se calasse. Resolvi descer de camisola e meias para procurar por ele, que me chamava assim tão desesperado, mas que não queria se mostrar para mim na noite de verão, então cheguei ao estábulo. Lá estavam as ovelhas amontoadas com os cordeiros já crescidos, desajeitados e feios, todos me encarando, como se escondessem meu carneirinho somente para me torturar. Abri a porteira do curral e fui passando entre as ovelhas para apanhá-lo, já que ele balia cada vez mais alto, fazendo meus tímpanos doerem. Porém atrás delas não havia nada. Foi então que a raposa uivou lá da floresta, como se ela também houvesse sido alcançada pelos gritos do cordeiro. Comecei a empurrar e a dar cotoveladas nas ovelhas, obrigando-as a sair do estábulo, ameaçando-as e perseguindo-as com a pá velha de recolher esterco enquanto muitas corriam pelo jardim e outras pastavam no mesmo lugar. Eu já não conseguia fazê-las seguir adiante, mas duas ou três delas foram em direção ao bosque. Quando não aguentava mais, voltei para casa, subi a escada para o meu quarto e me deitei. Fiquei escutando o uivo da raposa, que enfim tinha silenciado o cordeiro. Antes do amanhecer, ouvi o estrondo da porta da casa de Krantz e ele correndo para o pátio. Sentada na cozinha, comi o mingau escutando Krantz praguejar do lado de fora, andando de um lado para o outro entre os restos dilacerados das ovelhas mortas e conduzindo as outras de volta para o curral. Fanny estava calada, de costas junto ao fogão, mexendo um caldeirão. Eu levava a colher de mingau à boca e na minha cabeça regia o silêncio. O odor de pelo e carne queimada subia do fogo feito por Krantz na pradaria, rodopiando em direção ao céu. A noite chegou.

Minhas primeiras imagens de Lilltuna: luz nebulosa filtrada por uma janela com ripas de madeira, o perfume dos lençóis recém-lavados. Eu tinha cabelos castanhos, as palmas das mãos macias, descia as escadarias correndo assim que ouvia o dr. Eldh abrir a porta da carruagem. Ele me erguia no ar e girava comigo antes de entrar na biblioteca, abrir as janelas, instalar-se debaixo do relógio de parede e, com cuidado, passar a mexer nos ponteiros para que o tempo começasse a correr. As costas largas do doutor ocultavam o relógio, mas ouvia o estalar dentro da caixa dourada enquanto ele girava os ponteiros para, em seguida, fechar a tampa outra vez sem tocar no vidro levemente curvado.

Ele sempre permitia que eu brincasse no tapete com o cavalinho que tinha me dado de presente de Natal enquanto trabalhava. Eu ficava deitada de bruços com o atlas, estudando os nomes dos países, me sentava em frente a ele durante as refeições no salão, levando à boca o garfo com o pudim de peixe. Lá fora, o crepúsculo cor-de-rosa partia a noite ao meio. Corvos ou pegas que assobiavam sobre as tílias nos fundos da casa. Eu vestia meu traje de marinheiro, me sentava com o livro de matemática aberto e o relógio de parede acima de mim, ele me consolava e me assustava ao mesmo tempo, pois continuava a me vigiar com seu olho cego.

O dr. Eldh estava parado junto à janela da biblioteca, admirando o céu e os imensos choupos lá fora. Eu acompanhava as dramáticas linhas de seu perfil, assombreado pela luz vespertina, segurava firme a pena de ganso entre os dedos e me preparava para o ditado:

Memorando: quando era ainda um jovem estudante, somente com aspirações à carreira médica, coube à minha turma realizar uma autópsia em uma mulher vitimada por um tipo de tétano particularmente violento. Tratava-se de uma miserável da região que, em seu leito de morte, havia enrijecido em forma de arco e de maneira muito desagradável, devido às câibras. Fomos obrigados a forçar seus braços enrijecidos para alcançar seu abdome, inchado por causa da fome, do qual esperávamos poder extrair, ao menos, um par de órgãos. Os seios dela eram volumosos, e os dois grandes mamilos se sacudiam de um lado para o outro sem cessar, enquanto nos esforçávamos em abrir o cadáver, o que nos dava uma impressão muito repulsiva. Quando eu, por mera casualidade, deixei meu olhar se fixar sobre o rosto da falecida, foi como se tudo estremecesse ao meu redor. No momento em que aqueles lábios finos se abriram devido aos nossos movimentos e empurrões, viu-se ali uma escuridão muito profunda, da qual eu não conseguia desviar o olhar. Era como se observasse diretamente o infinito e esse abismo quisesse me engolir. Não consegui me desfazer dessa imagem e da terrível sensação nem mesmo quando retornei para casa pelas ruelas naquela mesma tarde. O céu pesava sobre minha cabeça juvenil como uma imensa esfera prateada. À noite havia um pequeno baile aonde fui em companhia de meus colegas, ainda me sentindo pesado. Naquela época, ainda passava muito tempo no meu quarto estudando ou lendo poesia, quando não escrevia meus próprios versos melancólicos. Desde pequeno, qualquer tipo de contato com o sexo oposto me gerava uma timidez extrema, não sentia nenhum prazer em frequentar bailes e eventos ou em visitar os bordéis, para onde meus companheiros de estudos me levavam. Eu costumava pagar a prostituta assim que entrava em seu quarto e voltava para casa imediatamente, sem resolver o assunto. Ficava escutando as conversas audaciosas nos bailes e nas festas entre meus amigos e essas coquetes e criaturas de olhos noturnos, das quais os jovens da minha idade se aproximavam como se fossem galos em um galinheiro. De minha parte, ficava com a língua presa ou acabava me envolvendo em estranhas discussões com as mulheres com as quais tentava conversar, particularmente se a aguardente me subia à cabeça e a jovem dama fosse possuidora de uma língua afiada. Naquela noite, criei coragem e convidei uma das senhoritas para dançar uma valsa, escolhi alguém de aparência bastante comum para não correr o risco de ser rejeitado. A menina cheirava a bolo de canela e a outra coisa, algo insosso, porém, a princípio, foi tudo muito agradável. Então, de repente, no meio da dança, a sensação do que acontecera mais cedo naquele dia voltou a me assombrar. A imagem dos lábios abertos da falecida surgiu à minha frente no exato momento em que a jovem, depois das últimas notas da valsa, se inclinava para me dizer algo com a boca entreaberta. Fui tomado por um medo incontrolável e saí correndo. Naquela noite e nas que se seguiram, tive o mesmo sonho: eu virava o rosto abismal, erguia o bisturi de dissecação com o qual havia feito a primeira incisão sobre o abdome da miserável, de onde extraía seu útero pela abertura e o pesava em minhas mãos.

Um dia, o mestre Valdemar estava sentado ao piano quando entrei no salão. Não tocava. Seus cabelos se enroscavam junto à nuca, pois tinham crescido e ficado desalinhados depois de tantos dias e noites passados fechado na biblioteca. Tinha uma taça de *punsch* meio vazia sobre a tampa do instrumento. Contraluz. Através da janela do salão, na penumbra daquela tarde, eu avistava as lebres, ainda em sua pelagem branca e reluzente de inverno, escapando entre as árvores ao longe no campo. *Não quer entrar?*, perguntou o mestre Valdemar, ainda de frente para o piano. *Talvez queira tocar um pouco.* O campo se estendia tranquilo e manchado de cinza lá fora, a neve já tinha quase desaparecido e agora eu estava parada na porta, as meias encharcadas depois de ter brincado sem sapatos no jardim. Fiz uma reverência, apesar de o mestre não poder me ver. Então, ele se levantou do banco e se voltou para mim; usava o casaco do doutor, um par de botas velhas e estava sem meias. Seu sorriso fez com que seus olhos verdes cintilassem sob a listra de luz que vinha desde o candelabro de parede, e ele se afastou fazendo um gesto com a mão, me mostrando o piano. *Estou vendo que quer*, disse ele, apanhando a taça de bebida com a outra mão. Hesitei por um momento antes de dar um passo para dentro do salão e chegar à banqueta. Não olhei para o mestre enquanto me sentava, no atril já havia uma partitura polonesa que Fanny adquirira por um preço baixo na cidade. Fixei o olhar no campo lá fora, que estava para desaparecer na escuridão do fim de tarde, apoiei meus dedos sobre as teclas, o piano rangeu deselegantemente como de costume. Depois da última nota da peça, tudo ficou em silêncio. Em seguida, o cacheado começou a aplaudir, seis, sete lentas e demoradas palmas. Quando olhei para o lado, avistei-o deitado no sofá com as botas desatadas sobre o veludo e a almofada bordada por Fanny enfiada debaixo da nuca. *Você é rápida nas teclas*, disse ele, com a voz clara e estranha. Eu me levantei, fiz mais uma reverência, saí do salão, passei pela entrada da cozinha e subi para o quarto. Não encarei o olhar do sofá quando fui embora. O cheiro de sopa de ovos se espalhava pela casa. Na sorveira do lado de fora da minha janela, o melro cantava, apesar de o campo já estar mergulhado na escuridão e na invisibilidade. Dormi com a faixa, sonhei com a flor preta, que se desmanchava o tempo todo, sujando meus dedos. Ao amanhecer, sentei na escada da cozinha com a faca de talhar e um pedaço úmido de madeira enquanto Krantz atrelava o cavalo à carruagem para ir à cidade. Quando ele voltou naquela tarde, trazia o dr. Eldh consigo. Eu estava no celeiro em frente ao pedaço de espelho de Krantz e escutei o ruído das rodas da carruagem na lama que tinha se formado no pátio depois de a neve desaparecer. A sujeira havia se assentado desde a raiz do meu cabelo, minhas bochechas estavam esburacadas e cinzentas depois do inverno, eu tinha crescido e precisei ajustar a altura do caco de espelho para poder ver meu rosto. Dei uma cuspida em um pedaço da saia para limpar minhas orelhas. A estria de luz se balançava no céu naquele fim de tarde. Fanny me esperava na cozinha junto à banheira. Ela tinha posto o vestido de imitação de seda no banco ao lado, além de ceroulas limpas. O doutor já tinha descido da carruagem e ido ao encontro do cacheado no salão. Ela me deixou em paz durante o banho, tinha pendurado uma manta sobre a janela da cozinha e mandado Hulda e Gustava embora dali, enquanto ela mesma dobrava os lençóis recém-lavados. Tirei as roupas e a faixa, entrei na banheira, escovei os braços e as pernas. Não toquei na fenda tampouco nas bolhas. Esfreguei o couro cabeludo junto à testa. Conseguia ouvir o doutor e o mestre falando alto e rindo no salão enquanto me secava com a flanela, vestia as ceroulas, as calças de baixo e o vestido. Os braços do vestido tinham ficado curtos e tive que segurar a respiração para poder abotoá-lo todo. Penteei os cabelos molhados e os trancei sozinha, prendendo as tranças com lacinhos amarelos que Fanny tinha me dado. Em seguida, sentei no banco, esperando que me chamassem.

O doutor passou sete dias em Lilltuna. Ele e o mestre Valdemar passeavam juntos no jardim ao longo da cerca, e o crepúsculo fazia os tijolos da casa brilharem como ouro vermelho. Eles se sentavam no salão, fumavam, conversavam e bebiam *punsch* ou aguardente, que Fanny lhes trazia da dispensa. À noite, me pediam para tocar piano e eu me acomodava na banqueta. Lá fora estava escuro como breu, eu podia ver os contornos da minha própria figura refletida nos vidros da janela. As imagens ovaladas dos rostos do doutor e do cacheado flutuavam atrás de mim, nítidas e iluminadas pela luz do lustre de cristal. O meu próprio rosto se tornou escuro e difuso na contraluz. Na primeira noite, toquei uma marcha curta, as notas soavam muito mal, porém atrás de mim, sentado no sofá do salão, o mestre Valdemar me aplaudia como antes. Estava sorrindo com seus olhos cor de esmeralda semicerrados quando virei para fazer a reverência. Diante da pergunta do doutor se ele, com sua grande experiência, poderia examinar o instrumento e talvez afiná-lo, respondeu que infelizmente tinha que ser muito cuidadoso com suas mãos ainda doloridas depois daquele inverno frio e rigoroso. *Naturalmente*, respondeu o doutor, *que descanse e recupere muito bem a saúde com o ar puro daqui, o quanto for necessário.*

O cacheado bebericou a aguardente, suas pálpebras estavam entreabertas, e percebi que o contorno de seu lábio superior ficava mais afiado debaixo do bigode, como um traço de lápis pintado meticulosamente.

Na manhã seguinte, o doutor mandou Krantz buscar o afinador. Fiquei no meu quarto esperando, vestida em meu traje de marinheiro, com as costuras a ponto de estourar.

Quando o afinador foi levado embora depois de trabalhar no instrumento com muita precisão, descobri que havia uma caixinha de presente me aguardando junto à porta do meu quarto. Lá dentro, encontrei duas fitas de seda vermelha como sangue, que prendi aos cabelos junto à raiz das tranças, e belisquei as bochechas para ganhar uma cor. Ao anoitecer, desci até o piano quando me chamaram. O doutor me esperava com o colete desabotoado sentado no sofá, ao lado do mestre Valdemar, que me dirigiu um olhar velado, afetado pela aguardente.

Procurei outra vez pelo ponto fixo lá fora na escuridão, fiz a pequena pausa, deixando os dedos deslizarem levemente sobre o instrumento, enquanto tocava as músicas favoritas do doutor direto do caderno de partituras de Fanny. As notas tinham se tornado claras e suaves, o piano não gemia mais. Depois fui aplaudida por um bom tempo pelo doutor e pelo mestre, ainda sentados no sofá. Busquei pelo meu reflexo no vidro da janela e o que vi foi a imagem de uma menina de tranças bem apertadas, de rosto liso e escuro, como se houvesse sido apagado e substituído por algo desconhecido para mim. As mãos grandes do doutor aplaudiam com tanto entusiasmo, soando como uma grande explosão, que meus membros voltaram a arder por dentro. Eu ainda era uma Incurável. Levantei da banqueta e fiz uma reverência. Vi que o mestre Valdemar ainda usava o robe de fumar,[1] mas havia amarrado as botas. Na cozinha crescia o número de garrafas vazias, de fundo escuro e com restos de frutas vermelhas.

Percebi que o mestre se distraía com muita facilidade ao conversar com o doutor no sofá debaixo do lustre de cristal, ficando muitas vezes pensativo ou perdendo o interesse. Nessas ocasiões, notava-se um estremecimento por trás do pincenê do doutor e ele, inseguro, buscava o olhar do outro, passando a falar com nervosismo e humildade, como que para atrair a atenção do mestre para a conversa outra vez. Eu pensava nos invisíveis com quem o doutor costumava falar de vez em quando na biblioteca durante minhas aulas, murmurando insultos

1. Popularizado no século XIX, o robe de fumar era usado sobre a roupa comum para evitar que o odor do tabaco impregnasse no tecido. Inicialmente associado ao vestuário masculino, tornou-se um símbolo de sofisticação em ambientes domésticos e clubes de cavalheiros. [N. E.]

sobre esses inimigos secretos que, de repente, cercavam-no dentro do aposento, porém obviamente o mestre Valdemar não pertencia a esse grupo. Em um dos dias em que o doutor e o mestre passeavam pelo campo, a porta da biblioteca ficara entreaberta, então passei por ali e pude espiar a penumbra do local. A escrivaninha de nogueira estava abarrotada de papéis e objetos estranhos. Em cima de toda aquela desordem, estava a cartola brilhante do mestre. Na sombra na parede, o relógio soava, com suas folhas e seus ornamentos dourados, que reluziam frágeis sob a luz que vinha de fora.

Às vezes, me sentava à minha janela e acompanhava a caminhada do dr. Eldh com o mestre Valdemar pelo campo. O doutor trajava seu casaco de inverno com o pulôver por baixo, uma nuvem de fumaça do cachimbo o circundava e subia em direção ao céu. Algumas vezes, faziam uma pausa, encostando a cabeça um contra o outro, como se fossem pai e filho ou dois enlutados, antes de continuarem o passeio ao anoitecer. De longe, eu tentava distinguir seus rostos enquanto iam andando ao longo da cerca, como atraíam um ao outro e como se iluminavam quando estavam juntos. Fiquei pensando nos passeios em que o doutor caminhara comigo ao longo das valas, observando as flores das pradarias que rodeavam Lilltuna, a lembrança de sua mão enorme e ressecada passou pela minha cabeça assim como a última borboleta do verão.

Quando chegou a hora do jantar, Hulda foi chamá-los lá fora. Eu a vi sair correndo pelo jardim, parar em frente a eles e fazer reverências, caras e bocas para o mestre, como uma boba. Ela não tinha vestido a touca, e o vento de março fez com que seus cabelos esvoaçassem ao redor do coque.

O mestre a observava pensativo, dando umas tragadas rápidas no cachimbo.

As sorveiras assobiavam devido à ventania. O leve rangido do piso da casa.

Naquele tempo, logo depois que levaram as cabeleiras pretas embora, acordei de madrugada com Fanny debruçada sobre minha cama, o lenço enrolado na cabeça e de casaco fechado, pronta para sair. Sentei na cama, deixando que ela me vestisse em silêncio e com uma expressão estranha. Ela colocou a saia de lã e a blusa em mim, amarrou bem minhas botas. Em seguida, me levantou da cama, me carregando pela casa antes de me deixar no pátio e me pegar pela mão. Depois começou a atravessar o campo comigo em direção à estrada. Quando chegamos na parte mais alta da colina, ela parou de repente e me entregou um pequeno embrulho que tinha tirado do lenço, o pacote cheirava a pão recém-saído do forno, eu sentia as pontas ásperas por baixo do pano contra meus dedos. Estava clareando. Na fazenda mais adiante, começavam a acender os lampiões, e as janelas se iluminavam. Fanny olhou para mim com o rosto sem expressão, antes de dar a volta e começar a retornar para Lilltuna. Fiquei parada no lugar, com a fazenda vizinha às costas, ouvindo os cães ladrarem ao longe e uma porta bater, fazendo o som ecoar sobre as colinas, enquanto observava a saia esvoaçante de Fanny ao voltar para casa, atravessando o campo. A saia subia e descia aos passos dela, estava preta na parte de baixo devido à umidade do solo, mas o tecido na parte superior se via alvo e reluzente. Fiquei parada no alto da colina por um momento, depois comecei a correr vacilante atrás dela. Quando a alcancei, ela não virou de pronto, ficou apenas olhando fixamente diante da escuridão e vi que ela ainda mantinha a expressão esquisita no rosto, como se fosse uma careta trágica. Então ela puxou a vara de vime do cinto e começou a me ameaçar para que eu voltasse a subir a colina. *Mas não tem nada na cabeça?*, sibilou. *Vamos, corra de volta para lá! Fora daqui, sua menina boba!* Eu pulava de um lado para o outro para que ela não me atingisse com a vara, mas, assim que ela começava a andar novamente, eu a seguia, então ela virava e me batia com raiva, eu pulava para escapar e, a cada vez que ela se colocava a caminho de casa, eu a acompanhava. Até que ela, enfim, desistiu, caindo de joelhos debaixo das árvores com os braços esticados ao longo do corpo sob a luz cinzenta que surgia no céu acima de nós. Parei um pouco afastada dela, ainda segurando o pão contra o corpo, deixando que ela chorasse e soluçasse por um instante sobre o solo úmido antes de me aproximar e me sentar junto a ela. Ela me pegou no colo como costumava fazer, deixando que eu ficasse com o rosto dentro de sua capa. Com o canto dos olhos, avistei Krantz sair de sua cabana e ficar olhando para nós antes de entrar novamente, fechar a porta e nos deixar em paz. *Sua bobinha*, murmurou ela, passando a mão nos meus cabelos, antes de levantarmos e entrarmos. Fanny me pôs sentada no banco na cozinha, acendeu o fogão e começou a bater com as panelas, como de hábito. Desenrolei o pão, arranquei a casca grossa e comecei a beliscar o miolo enquanto o frio abandonava o aposento. Lá fora, o sol invadia Lilltuna com seu fogo rosado.

*

Garoa. Troncos retos e molhados das bétulas. Uma noite, quando fui chamada até o piano na primavera em que o mestre Valdemar chegou à Lilltuna, encontrei Hulda, Gustava e Fanny paradas no salão, junto à parede. O dr. Eldh parecia encolhido e desconfortável no sofá, e ficou óbvio que aquilo não fora ideia dele. O mestre Valdemar sorria abertamente, com um dos cotovelos apoiado no piano, *entre, por favor*, disse ele, erguendo a taça que segurava na outra mão, como se me saudasse, *a senhorita Cesárea sabe muito bem que a música é feita para ser escutada, não?* O dr. Eldh continuava sentado, se contorcendo no sofá, porém concordou com um aceno de cabeça, aprovando tudo com um sorriso forçado. Fanny havia acendido o candelabro, estava quente e sufocante dentro do salão. Vi que Hulda tinha alisado e penteado os cabelos na parte da frente, a raiz brilhava por causa dos cabelos umedecidos ou por estarem engordurados, tinha o rosto vermelho como se o tivesse beliscado, havia também tirado o avental e vestia somente o vestido de lã ao lado de Gustava.

Sentei-me ao piano, com a partitura à minha frente, e toquei as melodias favoritas do doutor, prolongando as notas para que soassem novas e surpreendentes. Quando virei, percebi que Hulda estava corando de maneira intensa, com o olhar fixo no cacheado. Fanny e Gustava só olhavam para o chão. O cacheado estava no meio do salão, fingindo que aplaudia com o dorso de sua mão comprida como uma garra contra a outra que ainda segurava a taça.

O dr. Eldh não me mandou ir para a biblioteca para o ditado, não trazia nenhum brinquedo consigo. Naquela noite, sonhei novamente com a casa abandonada, a rosa que se desfazia em cinzas entre minhas mãos. As pequenas pétalas pretas pareciam muito antigas, bastava tocá-las para que se desfizessem.

Abril agora.

Aves em bando sobrevoavam a cúpula alva do céu.

Lá embaixo, na biblioteca, o mestre Valdemar pisoteava com suas botas de um lado para o outro durante a noite toda depois de seus encontros com o doutor no salão. Eu deitava no chão do meu quarto, de camisola, às vezes pressionava o ouvido contra as tábuas do assoalho, e o tilintar de copos, com os ruídos que o mestre fazia ao ir de encontro aos móveis, ia direto para meu cérebro. Então, as criaturas se libertavam das sombras de seus esconderijos outra vez, como se despejando do sonho para a vigília, e eu fechava bem os olhos para mantê-las afastadas, até que começasse a lacrimejar. O veludo preto surgia no canto mais escuro do meu quarto, partindo-se em dois, e as criaturas vinham me abraçar com seus longos braços até que eu me sentasse e as sacudisse para longe de mim. Do lado de fora da janela, as noites estavam mais claras, chegavam lentas e implacáveis, se estendendo sobre a casa como mantas molhadas depois que o crepúsculo havia se quebrado como a casca de um ovo, se transformando em uma luz rosa fosforescente. Chuvas leves antes de a noite ser engolida pela total escuridão.

A última noite do doutor antes de seu regresso foi muito animada no salão. Eu escutava sua voz abafada através das tábuas do assoalho, falando com o mestre Valdemar. As palavras saíam meio borradas e sem cantos. Quando anoiteceu, as vozes se tornaram cintilantes e se calaram, substituídas pelos roncos do doutor, vindos do sofá do salão, onde ele devia ter adormecido. No início, estava tudo tranquilo na casa, porém, passado um instante, veio da sorveira debaixo da minha janela um farfalhar desagradável que fez com que me levantasse no meio da escuridão do meu quarto. De repente, a voz de pássaro de Hulda se soltou na noite, acompanhada por outra voz, mais grave e mais contida, estranha para mim até que eu a reconhecesse. No começo, ouvia-se o costumeiro gorjeio de Hulda quando estava naquele humor, porém havia um novo tom em sua voz. Primeiro, era insistente e suplicante, depois se tornava soluçante e lamentosa. Os movimentos ficaram mais intensos, seguidos de batidas e esfregões, golpes contra o muro. Então, me aproximei da janela, pressionando o rosto contra o vidro, virando a cabeça para tentar enxergar o muro. Estava escuro sob a sorveira. Lá em cima o céu estava cinza e se encaminhava para a meia-noite, mas, quando o pequeno corpo repentinamente escapou da pressão do muro lá embaixo, houve luz suficiente para distinguir o vestido de lã listrado atravessando com pressa o pátio em direção ao jardim. Sua cabeça e suas mãos não se viam, somente o vestido brilhando contra o fundo escuro e se sacudindo de um lado para o outro enquanto o cacheado a perseguia entre os choupos. Sua voz de pássaro continuava suplicante enquanto ela corria. Avistei por um breve momento a cabeça cacheada do mestre, assim como suas mãos delgadas e escuras que, finalmente, agarraram Hulda pelo tecido listrado do vestido, que escorregou sobre a terra molhada, ficando mais manchado e mais difícil de se distinguir, conforme ela era arrastada de volta para a parede e desaparecia sob a sorveira. A voz suplicante se calou, e a fricção e as batidas contra a parede recomeçaram e foram aumentando de intensidade até que, de repente, cessaram de vez. Saí da janela e, por um momento, nada se ouvia lá embaixo além do tilintar de uma fivela ou de um cinto. Depois escutei o cacheado pisoteando na lama e voltando para a casa, abrindo e fechando a porta da cozinha.

O doutor ainda roncava no salão, o piso rangia sob o peso das botas do mestre, que andava pela casa e entrava na biblioteca, onde ficou remexendo em suas coisas, até que a casa ficou em silêncio mais uma vez. Sob a sorveira junto à parede, nenhum ruído agora. Voltou a chover.

De manhã, Hulda estava sentada na cozinha ao lado de Gustava, com a touca bem amarrada debaixo do queixo. Quando Gustava lhe deu um pontapé discreto por baixo da mesa, ela não revidou como costumava fazer, ficou somente olhando fixo para o seu mingau. O rosto dela estava cinzento e estranho. Nenhum sorriso debochado, nenhum revirar de olhos que indicasse uma liberdade inacessível como daquela vez entre os arbustos de framboesa. Quando mais tarde Fanny mandou que ela fosse chamar o mestre e o doutor para comer, percebi que ela deixava a touca na cabeça durante o dia todo. Eu estava sentada no banco na varanda, mastigando uma maçã de inverno e a observando andar vagorosa pelo pátio. Seu coque trançado estava enfiado dentro da touca, então ela parou junto à escada do gazebo onde o doutor e o mestre estavam sentados conversando e fumando, mas sem entrar. Pela janela, vi que o rosto do cacheado se iluminava e se ampliava devido à chama do lampião que eles tinham consigo. Lá dentro, as grandes mãos do doutor se destacavam, seu rosto estava oculto, ele raspava o cachimbo. Hulda fez uma reverência com as mãos enfiadas nos bolsos do avental, dando o recado da ama Fanny sobre a comida ter ficado pronta. Não ergueu o olhar. Seu rosto se mostrava descolorido à luz granulada do fim da tarde. Quase primavera agora.

Mais tarde naquele dia, eu estava acompanhada de Fanny nas escadarias da frente quando vimos a carruagem do doutor desaparecer por trás das copas das árvores. O mestre Valdemar voltou a pedir que suas refeições fossem servidas na bandeja na biblioteca. Nos dias que se seguiram, ele comeu de porta fechada e, quando terminava, abria a porta sempre da mesma maneira, empurrando a bandeja para fora em um arco no chão, e a fechava imediatamente. Eu evitava me aproximar do piano, ficava no meu quarto desenhando cavalos na lousa que tinha ganhado de presente de aniversário do dr. Eldh.

Quando a noite chegava, os ruídos sufocados começavam lá embaixo da sorveira. Nenhum pássaro piava e nenhum vestido de lã corria entre as árvores. Somente se ouvia a voz baixa e suplicante de Hulda e, em seguida, um silêncio e a fricção, as batidas abafadas como se fosse uma cabeça ou um cotovelo se chocando na parede. De repente o silêncio, o tilintar do cinto seguido pelos passos pesados correndo pela casa, a porta da cozinha se abrindo e se fechando. A cada manhã, Hulda parecia mais cinza e estranha na hora do mingau enquanto Gustava lhe dirigia olhares ansiosos do outro lado da mesa e Fanny ficava junto ao caldeirão, de costas tensas, rodeada pelo vapor do cozimento. Lá fora, Krantz andava cada vez mais longe pelo pasto, inventando tarefas desnecessárias no depósito de lenha, caminhando à toa entre os animais e evitando vir comer o mingau na cozinha. Os sulcos escuros do campo deixaram minhas botas pegajosas de terra.

Guardei o traje de marinheiro e o vestido de seda no baú de roupas, enrolei a faixa ao meu redor.

Certa vez, o mestre Valdemar estava sentado e bem agasalhado na poltrona do jardim durante o crepúsculo, murmurando e balbuciando à sua maneira, quando eu voltava do jardim. Tinha uma garrafa enfiada na grama ao seu lado, o sol do entardecer se refletia no vidro e a luz cor-de-rosa crepitava pela última vez sobre as copas dos pinheiros. Quando anoiteceu, Gustava apareceu com o lampião e trocou a garrafa vazia por uma cheia; ela usava os tamancos de madeira e o xale de inverno, apesar de já ter esquentado um pouco. Melros. Às vezes, ele adormecia lá fora e Krantz era obrigado a ajudá-lo a ir para a cama. Eu ficava sentada no salão escuro sem ser vista, ouvindo Krantz cambalear pelo caminho por causa do peso do mestre Valdemar, até chegar ao salão e à biblioteca e fazê-lo entrar. O quadrado de luz esverdeada iluminava o piso do salão, eu via a banqueta derrubada lá dentro e as polainas do mestre penduradas para secar sobre o encosto da cadeira do doutor, parecendo endurecidas e abandonadas. O relógio de parede estava quieto novamente, o doutor tinha parado de lhe dar corda. Evitei encarar o olho preto no centro da esfera. Depois, a porta se fechou engolindo a luz.

Naquele tempo em que as cabeleiras pretas ainda moravam no quarto dos empregados em Lilltuna, eu costumava brincar na entrada da cozinha, esperando que elas terminassem suas tarefas e tivessem uma folga. Então, sempre saía correndo e sentava na colina com elas por um instante enquanto mastigavam um pedaço de pão que tinham ganhado de Fanny. O sol escapava entre as nuvens e fazia suas tranças escuras reluzirem. Uma delas tinha uma pequena cicatriz no canto da boca, portanto, era assim que Fanny tinha aprendido a diferenciá-las quando teimavam em trocar de avental uma com a outra. Eu sabia muito bem quem era quem, até mesmo à distância, quando elas vinham do celeiro ou do pasto ao meu encontro, com seu andar peculiar, eu conseguia distingui-las pelas pequenas diferenças nas risadas ou no odor dos cabelos.

No sonho, elas estão do outro lado do lago.

Durante anos, as meninas que eram trazidas para trabalhar em Lilltuna estavam sempre maltrapilhas e desnutridas quando chegavam, porém, passados alguns dias, já tinham comido o suficiente. Se eu houvesse ficado lá na cidade quando nasci, talvez tivesse um nome como o delas. Fredrika ou Hanna, Valborg ou Josefina. Ainda cobertas pelos xales, elas sentavam no longo banco e devoravam o caldo de carne com as bolachas de Fanny, e então ficavam com dificuldade de manter os olhos abertos e seus rostos se tornavam corados tamanha saciedade.

Eram somente as mais preguiçosas e magras que se deixavam atrair para trabalhar comigo e com Fanny em Lilltuna, segundo o que consegui perceber. Elas chegavam de carroça trazidas da cidade por Krantz ou em companhia do dr. Eldh, nas carruagens com cocheiros contratados. Sempre tinham os dentes em péssimo estado, saias grandes ou pequenas demais e blusas de trabalho. Eram sujas, quietas ou mais faladeiras do que Fanny podia aguentar. Ficavam enjoadas de tanto comer nos primeiros dias e se contorciam de cólicas abdominais, porém não reclamavam. Se estivessem realmente em mau estado, não permaneciam por muito tempo em Lilltuna, tampouco podiam fazer intrigas ou serem totalmente desprovidas de inteligência, deveriam saber se comportar e suportar o trabalho pesado sem fazer muitas perguntas.

O dr. Eldh sempre imaginara que nada mudaria em Lilltuna, e foi assim mesmo. Quase nunca passavam pessoas por aqui, somente o afinador e o fazendeiro com os touros de monta, às vezes um veículo ou outro, ao lado de fora dos arbustos que circundavam as terras do doutor. Apenas uma vez, uma charrete se perdeu e chegou até a casa.

A charrete dessa vez estava carregada de um grupo de crianças de uma escola e Fanny a descobriu quando já era tarde demais. Krantz, que já estava ao longe no pasto, tampouco teve tempo de os dirigir para o outro lado. Fanny me mandou imediatamente para o quarto e me trancou lá dentro. Da janela, fiquei observando-a secar as mãos no avental e se posicionar nas escadarias em frente da casa para recebê-los. Foi durante o outono em que Krantz tinha levado as cabeleiras pretas embora para a cidade e elas nunca mais retornaram, e o doutor ainda não havia encontrado outras ajudantes para Fanny, então restávamos somente eu, ela e Krantz em Lilltuna.

A professora trajava uma jaqueta de veludo azul e estava sentada no banco ao lado do jovem cocheiro, que segurava as rédeas com firmeza. Quando o vagão freou, ela deu um sorriso aberto para Fanny, e pequenas mechas de cabelo cor de fogo esvoaçaram do coque solto que ela tinha no meio da cabeça. O veludo e os pequenos botões pretos da jaqueta brilhavam sobre seu peito à luz do outono que chegava mais cedo naquele ano. As crianças já tinham começado a descer e a pular sobre o cascalho que fervilhava de gafanhotos, apesar de Fanny ter erguido as mãos para detê-las a tempo e, ansiosamente, dirigido seu olhar para a janela lá em cima, onde eu me escondia por trás das cortinas de renda. As meninas eram de diversas estaturas, calçavam sapatos e vestidos listrados de algodão, carregavam livros escolares amarrados com faixas de couro e algumas usavam os cabelos arrumados em tranças enroladas como eu, mas um tanto mais soltas, desordenadas e sem laços de fita de seda. O bronzeado do verão e as sardas ainda eram visíveis em seus rostos, tinham o olhar astuto e curioso. Do meu lugar, por trás das cortinas, imaginava os alertas olhos castanhos, verde-acinzentados, azul-marinhos e dourados delas.

Passei o dia inteiro lá em cima no meu quarto, porque a charrete tinha um problema nas rodas e Krantz foi obrigado a ajudar o cocheiro a ajustar os raios enquanto as crianças se movimentavam em padrões alarmantes por todos os lados em Lilltuna sob a luz pálida do dia. Elas sentavam na porteira do pasto, alimentavam as vacas com flores e feno, desenhavam figuras e animais estranhos na lama junto às escadarias da casa, se atiravam maçãs, puxavam os cabelos umas das outras e corriam sob as árvores do jardim em suas botas empoeiradas. Fanny entrava e saía da casa, levando café para a professora e para o cocheiro, maçãs para as crianças; não os convidou para entrar tampouco perdeu alguém de vista. A tarde chegou. A fome fazia minha barriga roncar, minha boca estava amarga e seca de sede. Finalmente, Krantz e o cocheiro terminaram de arrumar as rodas da charrete e chegou a hora de irem embora. Na escuridão crescente daquela tarde, pude observar que a professora deu um olhar longo e desconfiado para Fanny, quando ela praticamente os empurrou para cima do banco da charrete. A professora franziu a testa, pensativa, desviando o olhar para o andar superior da casa, seus cabelos de fogo contornavam o rosto arredondado e os olhos atentos, como uma pequena auréola. As crianças subiram de volta na carruagem, empurrando umas às outras para pegarem lugares, e me afastei da janela enquanto o cocheiro punha os cavalos em marcha.

Noite de setembro.

Foi logo depois que as crianças estiveram em Lilltuna que Fanny me tirou da cama de madrugada e me deixou em cima da colina com o pão recém-assado, porque queria que eu fosse embora.

Fiquei sentada no quarto trancado, olhando para as crianças que corriam e brincavam lá embaixo, com seus vestidos, livros e olhos cintilantes como a água.

Parava na colina ao amanhecer com o pão apertado contra o colo. Depois corria campo abaixo novamente, de volta para Lilltuna.

Maio chegou. Fanny ia e vinha pelo corredor, carregando as refeições do mestre Valdemar. Tinha vezes que a comida se mantinha intocada na bandeja quando ela voltava, porém o copo estava sempre vazio. O doutor permanecia na cidade outra vez, e, na hora do crepúsculo, nuvens cor de carne se moviam pelo céu em uma lentidão anormal, iluminadas pelo brilho do sol. Queimei os antebraços nas urtigas ao atravessar o jardim. Os mosquitos chegaram, o odor das flores das sorveiras me alcançou através da janela do meu quarto, e vinha um cheiro de umidade dos campos além de Lilltuna.

Na hora do jantar, Hulda se sentou à minha frente com a sopa de vitela, crostas de gordura flutuavam na superfície como as pinhas caídas sobre um pântano. Ainda tinha as pálpebras baixas e o brilho acinzentado sobre o rosto. Ela estremecia ao menor ruído que atravessasse as paredes da biblioteca. Não se empavonava mais. Gustava lhe suplicava em voz baixa quando Fanny não estava por perto, porém Hulda não respondia, voltando-se para dentro de si. A cada vez que Gustava lhe dava um pontapé por debaixo da mesa, ela afastava os pés para o outro lado. Às vezes dava um sorriso forçado para Gustava sobre a mesa, como que para consolá-la um pouco, mas seu sorriso estava apagado e percebi que algo a incomodava por trás do olhar. A imagem de seu vestido de lã, brilhando e passando entre as árvores antes de ser capturado e jogado contra a parede até ficar molhado, sujo de terra e rasgado, não me saía da mente. *Pronto, Gustava, não foi nada,* dizia ela, com o sorriso apagado. Então, Gustava soluçava desesperadamente e o rosto coberto de buracos se retorcia por alguns segundos sobre o mingau.

Manhãs que se acendiam por uma estreita abertura de luz sobre o contorno do bosque. A luz diurna amarelada surgia para fazer cintilar o orvalho no campo. Cheiro de primavera emergindo da terra. Eu não escrevia mais as operações matemáticas nos cadernos do doutor, nem abria mais *A flora*.

Um dia, quando estava no meu quarto sem nada para fazer e mexia nos brinquedos que estavam desgastados e sem brilho, de repente, ouvi um barulho de passos apressados na escada e, em seguida, a porta foi aberta de forma abrupta e o cacheado apareceu na soleira. Sabia que os passos eram dele, apesar de ele estar praticamente irreconhecível. Usava o antigo capacete de cavaleiro, acompanhado da armadura que pertencera ao outro proprietário da casa e que havia apanhado no armário lá de baixo para se disfarçar e me assustar. Debaixo da armadura, ainda vestia o robe de fumar do doutor e estava descalço, suas unhas compridas nos dedos dos pés que se assemelhavam aos das mãos. Entre a viseira e a proteção para o queixo, uma mecha da barba, que havia crescido muito e agora escapava. A mecha desapareceu para dentro do capacete e imaginei que seu rosto, cercado por aquela lata toda, se abria em um grande sorriso.

O cacheado ficou imóvel por um instante, com os pés desnudos se equilibrando sobre as tábuas da soleira; eu percebia que seus olhos brilhavam pela abertura da viseira e permaneci sentada sem me mexer entre os brinquedos espalhados pelo chão. *Parece estar muito bem instalada por aqui*, disse ele de repente, dentro do capacete. Sua voz soava arquejante e fechada. Passou os dedos finos ao longo da armadura, repetindo: *Parece estar muito bem instalada por aqui, senhorita Cesárea.*

Não pensei em levantar do chão, ainda segurava o pequeno sofá de veludo da casa de bonecas. Pássaros de primavera nas árvores lá fora. O cacheado deu um passo para trás, saindo do quarto e me dando o último olhar de dentro da armadura. Em seguida, fechou a porta. Passos abafados e um pouco cambaleantes se ouviram quando ele desceu as escadas.

Fiquei aguardando no meu quarto até escutar Fanny aparecer no corredor, com o prato tilintando na bandeja. Fui então até o estábulo para buscar uma das pás velhas de Krantz, que estava encostada à parede lá dentro. Tirei a lâmina e fiquei com o cabo. Lá fora no pasto, pela janela suja, via Krantz andar entre as vacas leiteiras. Quando ele se afastou o suficiente, entrei na sua cabana e apanhei as calças de sarja, que se encontravam no vestíbulo sem serem usadas, debaixo de tábuas e de sucata.

Foi assim que adquiri as calças e o Cetro de ouro para combater a Besta do Fogo.

Depois de me deixar sozinha no alto da colina naquele dia, quando eu ainda era uma criança pequena, Fanny passou a amarrar a corda cada vez com menos frequência. Eu mesma me aproximava dela levando o objeto para que me amarrasse, pois tinha me acostumado a ter a corda se arrastando atrás de mim ao brincar pelo jardim ou a correr entre as dependências de Lilltuna. Ela me olhava com os olhos cansados, tomando a corda de mim e a amarrando ao redor da minha cintura, com dois nós extras para que não se desprendesse enquanto eu brincava. Eu me distraía construindo casinhas de galhos e folhas debaixo das árvores mais nodosas, arrumava o cavalinho e os soldadinhos de chumbo em uma fileira junto à cerca. Antes de a noite baixar, eu enrolava a corda no pulso e voltava para a casa.

Nuvens riscadas. O vento que sacudia as copas das tílias. Explosão de flores.

Nos tempos em que as cabeleiras pretas ainda trabalhavam para Fanny e não tinham sido levadas embora de Lilltuna, tinham permissão de acompanhar Krantz na carroça para fazer as compras. Quando voltavam, subiam ao meu quarto trazendo suvenires que haviam encontrado na cidade. Cada uma delas, com uma expressão misteriosa no rosto, tirava de dentro de seu lenço ou dos bolsos do avental algo que tinham furtado quando Krantz virava as costas. Podiam ser bolinhos doces meio mordiscados, pequenas ameixas maduras que comíamos debaixo da árvore lá no jardim longe das vistas de Fanny, colheres de estanho que dobrávamos em formas divertidas, o vidro rachado de um monóculo. Uma vez elas trouxeram uma pilha de jornais, que me entregaram com olhos reluzindo de expectativa, sentaram no chão, recostando-se contra o tronco de uma pereira no jardim, enquanto eu soletrava cada decreto, notificação e artigo que lia em voz alta para elas, que mastigavam as peras verdes arrancadas da árvore. O sol forte de primavera penetrava através dos galhos, queimando-nos a ponta do nariz, porém não tinha importância, continuei a ler sobre o barco a vapor e a sede bancária, sobre os estúdios de fotografia e as operetas nos teatros da cidade, sobre a escola de dança, a escola para rapazes, o curso noturno para criadas. Li sobre a distribuição de doações para os pedintes junto à delegacia de polícia, sobre os leilões de propriedades, sobre o baile de máscaras da primavera e sobre o baile para crianças organizado no Dia de Anunciação da Virgem Maria. Li também os anúncios de vendas de aveia, centeio e feno, de caixas para chapéu, maletas, peças de lã, objetos de cobre, molduras para janelas, linhas, laranjas, velocípedes. A cidade, com seus ruídos e sua movimentação, queimava dentro da minha cabeça, ali sentada com as páginas abertas do jornal, junto das cabeleiras pretas, debaixo da pereira. Todo o tempo pensei no dr. Eldh e nas filhas dele lá na casa onde moravam, com as criadas que todas as manhãs vestiam as meninas e escovavam seus cabelos, e em como elas, bem-arrumadas, se sentavam com a professora particular para ter aulas. Talvez uma das filhas bocejasse, um pouco sonolenta e, piscando, olhasse para a luz que entrava pela janela da residência. Ao lado de fora, as charretes chacoalhavam e os cascos dos animais batiam no chão fazendo ruído, e, lá de cima da janela, talvez se vissem os chapéus e as sombrinhas dos transeuntes sob o céu que se estendia sobre os telhados das casas. Tudo pareceu tão estranho enquanto fiquei ali lendo, minhas ideias e imagens sobre a cidade cresceram, ficaram douradas e se distenderam, e as cabeleiras pretas continuaram roendo suas peras. De repente, no meio da leitura, veio uma sensação estranha e ruim, e, de um momento para o outro, as imagens ficaram distorcidas e ameaçadoras, como se manchassem minha cabeça por dentro, e voltei a pensar nas palavras do doutor sobre a escuridão do mundo e o ameaçador buraco negro, e as crianças que brincavam naquele outro mundo, o que eu nunca tinha visto, à beira de um sonho longo e cruel. As cabeleiras pretas me olharam interrogativas, com seus rostos angulosos de menina e as saias manchadas de raios solares que atravessavam os galhos da árvore e, naquela noite, elas ficaram com dor de barriga de tantas peras que tinham comido.

Depois que as cabeleiras pretas foram levadas embora de Lilltuna, na solidão do meu quarto, eu arrancava as folhas dos jornais guardados no meu esconderijo e ficava lendo até o amanhecer sob o brilho da luz do toco de vela que tinha ao lado da cama. Mais uma vez as imagens, os odores e os ruídos saíam daquelas páginas, me atraindo e me assustando ao mesmo tempo.

Bedan chegou em uma noite no início da primavera, trazida de charrete por Krantz da cidade. Estava sentada atrás das cestas de compras, com a cabeça descoberta e o xale sobre os ombros, e dava para ver de longe que ela não parecia bem. Seu cabelo estava trançado, mas parecia que havia dormido por muito tempo com as tranças, pois estavam desfeitas e emaranhadas, atiradas sobre o xale, quando o veículo chegou se sacudindo até parar junto à escada da cozinha.

Eu estava na janela do meu quarto, o doutor tinha ido embora novamente. Apertei a pá quebrada com uma das mãos por trás das cortinas de renda. Fiquei observando Fanny, que saiu da casa com o casaco sobre os ombros para receber a nova criada. Presumi que, por ordens do doutor, ela viera para substituir Hulda, que havia se tornado lenta demais para as tarefas, que ficava olhando de maneira estranha para o mingau enquanto comia, ou então para fortalecer a equipe de trabalho, agora que o mestre Valdemar necessitava de tanta atenção em Lilltuna.

O céu de maio era de um azul pálido, e vi que a nova criada tinha um rosto nodoso e diferente, o lábio superior era rachado em uma fenda que chegava até o nariz. Sua cabeça brilhava de oleosidade e sujeira sob os cabelos cor de rato mal divididos. Ela era alta e encurvada, porém seus movimentos eram cautelosos e seus passos, firmes ao descer da charrete e subir a escada da cozinha atrás de Fanny.

Na hora do jantar, ela se sentou à minha frente na cozinha, ao lado de Hulda, que ainda não tinha sido levada embora de Lilltuna. Eu nunca perguntava para Fanny sobre as ajudantes que iam e vinham com o passar dos anos nem sobre seus planos para elas. A novata comia a sopa de batatas com voracidade e de olhos fechados, sorvia desagradavelmente com seu lábio rachado, e reparei que lhe faltavam muitos dentes na boca; apesar de ter uma aparência de menina por baixo de toda a sujeira, poderia ser somente um par de anos mais velha do que eu. *Não quer dizer às outras como se chama?*, perguntou Fanny de repente, com uma voz penetrante, para a novata do outro lado da mesa. Houve um silêncio por um instante e a novata se deteve com a colher no ar. Em seguida, apanhou um pedaço de papel amassado do xale e o alisou com a mão sobre a mesa. Então, empurrou o papel em direção a Fanny, que ficou olhando para as letras grandes e angulosas espalhadas ali. *Cesárea*, disse Fanny em tom de comando depois de um momento de hesitação, então estiquei o pescoço para poder ler do meu lugar; as letras eram quase ilegíveis, devido às dobras do papel e às sombras da luz fraca das velas. *Beda Sköld*, consegui finalmente decifrar. Então a novata murmurou algo inaudível através da fenda da boca e percebi que seus olhos eram castanhos e tímidos, com algo de estrabismo em um deles. *Bedan?*, perguntou Gustava, enquanto a novata concordava com a cabeça e apanhava o pedaço de papel para guardar novamente no xale e, em seguida, continuar a comer com voracidade.

Mais tarde, ela mesma arrastou o colchão de palha, aquele em que Krantz dormia durante o inverno no estábulo, e o colocou, sob as ordens de Fanny, no chão do quarto de empregada, onde tinham reinstalado o sofá-cama de Hulda e Gustava para a primavera. Ao amanhecer, a novata e as outras foram ordenhar as vacas com Krantz. Eu estava insone junto à janela, recitando as palavras de Jesus para espantar as sombras do quarto. Rodava a pá entre as palmas das mãos. Em seguida, o círculo de sol surgiu entre as copas das árvores e o dia chegou.

O mestre Valdemar tinha voltado a sentar na poltrona do jardim e a beber durante as noites, ou ficava deitado na biblioteca dormindo debaixo do relógio de parede. Sentado lá fora no jardim com a garrafa, ele não parecia ter percebido a presença da novata. Se ficava embriagado o suficiente e adormecia, tudo permanecia em silêncio sob a sorveira durante a noite, não se ouviam nenhum ruído abafado ou batidas. Ainda assim, Gustava lançava olhares interrogativos para Hulda por cima do mingau. Hulda continuava com seu rosto cinza e estremecia a cada barulho que vinha através das paredes da biblioteca, um objeto que caía no chão, passos sobre as tábuas de madeira. Fanny estava de costas para elas, ocupada com os caldeirões, e Krantz, lá fora com o gado ou rachando lenha, um tanto hesitante, fazia longas pausas entre os golpes de machado.

Os fins de tarde se tornaram mais quentes e se prolongaram até as noites.

Pelas manhãs, eu abria a janela para deixar entrar os primeiros aromas do verão, tais como esterco, néctar, ervas do campo. Lá embaixo, Krantz carregava dois baldes esmaltados com água da chuva para lavar o estábulo. O mestre Valdemar não saiu da biblioteca durante dias. O céu era um quadro azul intacto. Eu tinha começado a andar de tamanco de madeira sem meias e, se o sol permanecia brilhando, os descalçava e sentava na grama do jardim com o rosto voltado para o céu; o sol era forte e queimava meu rosto, o tempo rodava ou parava, ou não havia tempo. Somente a eternidade do verão que se estendia sobre a paisagem ondulada com seus terrenos e estradas e fazia o bosque transpirar o odor das coníferas e a acidez da terra. Borboletas-da-couve. Cobras se arrastando pela grama entre os troncos retorcidos das árvores.

Quando voltava de meus passeios improvisados no jardim, via que a novata estava sentada na colina, lavando batatas ou sacudindo a terra dos nabos que tinha em uma bacia ao lado. Ela era muito competente no trabalho e não criava muitos problemas, porém mal respondia, exceto alguns murmúrios que deixava escapar. Quando as palavras lhes saíam da boca, ouvia-se um leve assobio vindo do lábio partido. A ordenha das vacas era agora mais rápida, pois eram três que ajudavam Krantz na tarefa.

O doutor chegou da cidade em uma noite de junho, de repente e sem avisar. Tinha consigo um novo cocheiro, que foi conduzido por Krantz para o quartinho de hóspedes nas dependências dos empregados. O doutor trazia sua bengala de passeio com a cabeça de leão, que levava quando saíamos para passear pelos campos ao redor de Lilltuna. Não tive tempo de me lavar, mas, na penumbra do vestíbulo, Fanny me limpou o rosto com um pano antes de sairmos para dar as boas-vindas ao doutor, e me fez calçar os pés encardidos nas botas, amarrando-as com pressa. Seus movimentos eram bruscos e nervosos, e em seguida levantou-se e abriu a porta, me levando para fora à luz do fim de tarde para recebê-lo. O doutor carregava o chapéu apertado debaixo do braço quando subiu a escada.

Ele parecia estar de bom humor, pediu que lhe servissem o *punsch* da tarde junto com o café na varanda. Fanny preparou meu banho imediatamente e passei a escova de maneira minuciosa sobre o corpo por trás da cortina na cozinha. As bolhas tinham parado de crescer no momento, porém estavam em um estado deplorável quando tirei a faixa, achatadas e com listras horríveis avermelhadas incrustadas na pele. Meus braços e minhas pernas tinham se tornado cabeludos. Eu me vesti e fui ao encontro do doutor na varanda. Ele ficou feliz em me ver. Deu umas batidinhas na almofada no banco ao seu lado para que eu sentasse. Lá fora, as nuvens da tarde se penduravam como chamas estacionárias ou estopa rasgada. *Será que não poderia tocar algo bonito?*, perguntou ele, com seu rosto largo, vagamente iluminado pela cúpula do crepúsculo. Concordei com um aceno de cabeça, me levantei e abri a porta para que ele pudesse ouvir as notas do piano lá de fora na varanda. Estava escuro no salão, Fanny tinha acendido somente os candelabros, e o lustre de cristal continuava apagado. O cacheado ainda não tinha dado sinal de vida lá dentro da biblioteca e o doutor tampouco se preocupou em chamá-lo.

Acomodei-me na banqueta, o traje de marinheiro estava apertado em mim, os pelos rebeldes dos meus braços apareciam por baixo das mangas curtas demais. Quando soaram os últimos acordes da peça, ouvi um choro que vinha da varanda. Então, fui até o doutor e me sentei junto dele na crescente escuridão da noite. Apoiei a mão em sua cabeça como ele queria. As chamas da lareira crepitavam no salão e uma chuva de faíscas subiu quando Fanny empurrou a lenha na penumbra da sala, gafanhotos de fogo girando ao redor do ancinho. Sentei-me ao seu lado e escutei novamente a história da minha Criação, o céu se aprofundou e consegui ouvir os camundongos correndo debaixo da escada da varanda. O doutor parecia distraído e se perdeu na história diversas vezes. A vegetação ao redor do gazebo estava escura e sussurrante, as andorinhas voavam em círculos pelo ar e as groselhas espalhavam seu perfume. Eu já sabia que o doutor estava para ir embora.

Quando penso no dr. Eldh e naquele que se autodenominava mestre Valdemar, me vem a imagem de duas nuvens que se formam em um céu vazio ao anoitecer. Contornos de algodão vermelho coral. Elas se afastam e se misturam até que não se diferenciem mais entre si.

Eu sentava na charrete com a capota aberta e enunciava os nomes das flores, me debruçava sobre a escrivaninha de nogueira e fazia cálculos sob o olho vigilante do relógio de parede. Eu era uma Bendita e, logo, uma Incurável.

No dia seguinte à chegada do doutor, cortaram os cabelos do mestre Valdemar. O doutor foi ao gazebo e se acomodou lá com o equipamento de escrever e um manuscrito, sem colete, só de camisa e com a bengala de leão na mão e o chapéu de palha na cabeça. O mestre Valdemar estava pálido e exausto, seu olhar estremecia um pouco, porém deixou que Krantz o tirasse da cama na biblioteca e o levasse até a colina nos fundos da casa. Ficou tranquilo na poltrona do jardim na sombra debaixo da tília, e Fanny trouxe uma bacia e um jarro com água. Os cachos claros caíam sobre a grama atrás dele, formando um pequeno monte dourado quando ela lhe cortava os cabelos, os cachos mais escuros e grossos da barba ficavam presos nas calças de lã, onde suas coxas definidas se destacavam sob o tecido.

Eu estava parada em um canto da casa, observando tudo com as mãos enfiadas nos bolsos do avental. Aves de verão. *Obrigada, querida ama Fanny*, disse o mestre quando ela lhe trouxe o espelho de bolso, *a senhora é, realmente, muito boa para mim*. Em seguida, ficou examinando o próprio rosto por um bom tempo, mexendo o espelho de um lado para o outro, fazendo com que o reflexo luminoso dançasse sobre as folhagens da tília acima dele e, em seguida, sentou-se com o doutor para tomar café ao sol junto ao jardim. As maçãs estavam pesadas e brilhantes como punhos fechados, penduradas nas árvores ao redor, e o doutor deixou que eu sentasse na grama aos pés deles enquanto conversavam debaixo do sol forte. O rosto do mestre Valdemar estava marcado e pálido pelo tempo em que passara bebendo aguardente e pelas noites insones de atividade na biblioteca durante a ausência do doutor, porém ele havia arrumado o bigode depois do corte de cabelo, deixando a linha arqueada do lábio superior se destacar, e seu queixo recém-barbeado ainda mantinha a linha suave. Seus olhos cor de grama brilhavam sem intensidade. Eu tentava ver se a sombra ainda permanecia escondida em algum lugar, aquela mancha escurecida de desespero irracional por trás da testa lisa, que fazia o mestre oscilar entre diferentes humores e relinchar no jardim ao anoitecer ou sacudir o cinto no silêncio da noite sob a sorveira. *Olhe, a chegada das fadas*, disse sorrindo quando Hulda e Gustava se aproximaram com o bolo de maçã e mais um bule de café. Percebi a tempo o olhar nervoso que Hulda lhe lançou com o rosto cinza antes de voltar para a casa rapidamente, atrás de Gustava. O doutor pigarreou e bateu com a xícara de café sobre o pires. Não desviou seu olhar encantado do mestre, ainda não havia dado nenhum sinal de que me chamaria para as aulas.

O mestre Valdemar levantava o dedo mínimo ao segurar a xícara de café, seus dedos eram finos e graciosos, mas mesmo assim não se pareciam com os de outros pianistas. Havia algo com o dedo mínimo, ou certa lentidão e inabilidade no seu aperto de mão. Talvez não importasse que tipo de dedos ele tinha, se eles realmente estavam tão fragilizados depois do inverno, como dissera ao doutor. Afinal, o doutor ficava tão animado em sua companhia, ouvia suas histórias engraçadas, seu grande discurso sobre a música e, assim, se enchia de vida. Entretanto, a sombra vinha e flutuava ao redor do rosto do mestre Valdemar, seguindo sua própria e imprevisível lógica.

Luz afiada e cinza. Borrifos dourados ao redor das nuvens. Andorinhas em disparada entre as árvores, com asas enfurecidas.

Nas noites que se seguiram, o doutor e o mestre se movimentaram entre o salão, a biblioteca e os móveis do jardim, que tinham sido instalados sobre a grama em frente à varanda. Quando eu andava pela relva, via-os lá dentro, sob a luz esverdeada da luminária na biblioteca. O doutor ficava sentado mexendo em seus manuscritos, enquanto o mestre permanecia recostado na poltrona, com um ar pensativo e uma taça de *punsch* entre os dedos de ambas as mãos, segurando com cuidado, como se fosse um exótico colibri. As noites insones me deixavam em estado letárgico durante o dia, porém, na escuridão, minha mente ficava mais aguçada. Então, surgia essa fenda de água da noite, flutuando entre imobilidade e fogo, meu quarto se separava da casa, pairando em seu próprio espaço, e, através de uma distância imensa e estranha, eu escutava as vozes vindas do andar inferior. Dentro do meu quarto surgiam figuras e rostos bizarros, peludos, brilhantes, lisos como o focinho de um bezerro, sempre com os olhos fechados, quase adormecidos, que me agarravam, sussurrando palavras inaudíveis, com vozes insistentes, como se quisessem me dizer algo importante. Uma vez, um desses rostos surgiu de súbito, destacando-se entre os outros, abrindo os olhos e me encarando com intensidade, e eu soube de imediato de quem se tratava.

Ela me olhou amigavelmente com seu olhar cristalino, dizendo com a voz da Esquálida:

"E aquele que traz o cetro apagará o fogo do dragão e será levado aos tronos do céu."

Essa foi a primeira instrução.

A novata gostava de se sentar debaixo da tília nos fundos da casa e ficar contando pinhas. Se ninguém a interrompesse, ela podia passar horas assim, com sua boca fendida murmurando e contando enquanto passava as pinhas de um lado para o outro. Luz derramada, branca como o leite. Os troncos dos choupos imensos subindo e descendo durante a brisa do verão. Quando voltava para a casa pelo jardim, eu ouvia a novata absorvida em sua conversa solitária. Sua contagem não era com números reais, mas sim com aqueles que ela ia inventando a cada pinha que encontrava e punha ao lado de outra sobre a relva, antes de começar a contar novamente.

As nuvens pesavam sobre as copas das árvores, comprimindo a luz. Cheiro de espinho e querosene. Enxames de mosquitos sobre os animais ao anoitecer. Nos dias mais quentes, eu deitava no chão do meu quarto, fechava os olhos, deixava a luz do sol penetrar através das rendas das cortinas sobre meu rosto, rosas e chamas indo e vindo dentro do cômodo.

A novata sabia se vestir sozinha e era muito habilidosa na hora de depenar galinhas e fazer tranças, porém não falava com ninguém e, a cada vez que surgia uma oportunidade, sentava-se e ficava murmurando junto às pinhas. Parecia uma criança, mas com mãos de uma mulher adulta, secas e gastas; sua blusa era apertada sobre o peito e a sujeira cinzenta ainda cobria seu couro cabeludo, apesar de Fanny a ter escovado duas vezes na banheira. Era como se ela houvesse rolado em poeira e em alcatrão e nunca mais fosse ficar limpa. Se a novata não fosse tão eficaz no trabalho, não teria ficado tanto tempo em Lilltuna, mas ordenhava muito bem, cuidava da alimentação dos carneiros, e a lenha no depósito estava mais arrumada do que de costume. Sentadas à mesa da cozinha, Hulda e Gustava suspiravam e faziam caretas devido à falta de modos da outra, que sorvia a sopa avidamente com a boca partida. Então, ela olhou para mim, com seus olhos castanhos cintilantes, demonstrando que não ia parar de comer à sua maneira. Acontecia de a novata ficar furiosa se seus cálculos saíssem errados, um fluxo de momentos e objetos que ela havia nomeado, murmurando para si mesma. Se os pedaços de lenha não queriam ficar onde ela os tinha deixado ou se fosse interrompida na contagem das pinhas no momento errado, passava a gritar e sapatear enquanto batia palmas com força e rapidamente. A cada vez que isso acontecia, Fanny ia correndo para cima dela com a vara de vime até que a outra se acalmasse e voltasse a executar suas tarefas de modo normal. Ela murmurava em tudo o que fazia, como se a contagem e a ordem formassem uma cápsula de proteção em torno dela. Às vezes, eu sentava na escada da cozinha, dava leite para a gata no prato enquanto a novata continuava a se ocupar com as pinhas lá na colina e ficava escutando-a por um momento. A tarde se retorcia através dos galhos das árvores, fazendo as manchas de sol circularem lentas sobre o gramado. Eu tinha a sensação de que também estava sendo protegida por aquela cápsula que ela tinha criado em torno de si com a contagem e o recitar, que ali estaríamos seguras.

Durante o verão que o mestre Valdemar passou em Lilltuna, o dr. Eldh vinha visitar com mais frequência. A luz escassa penetrava em colunas através das brechas nas coberturas das nuvens, estreitas como se houvessem sido feitas pelos dedos delicados dos anjos. A cada vez que o doutor vinha, eu esperava que me chamasse para as aulas, porém ele só me dava um tapinha na cabeça, revirando os olhos com uma expressão amigável ou indiferente ao descer da carruagem na frente da casa, antes de se dirigir ao mestre e se sentar com ele no salão ou, nas noites de temperaturas mais agradáveis, no jardim. Eu afundava o corpo na água quente da banheira e, através dos rasgos na cortina da janela, avistava o céu pintalgado de cor-de-rosa. Alvoroço das andorinhas. Meus cabelos tinham crescido muito, chegavam até a cintura, as pontas estavam secas e arrebentadas, mas Fanny parecia não ter reparado nisso, já não cuidava mais dos meus cabelos como antes, só ficava indo e vindo apressada entre a cozinha e o salão, carregando bandejas.

Algumas vezes, o doutor chegava acompanhado por outras visitas. Eram membros da Sociedade Científica e colegas da Faculdade de Medicina, duas ou três cabeças que despontavam da carruagem quando o cocheiro parava, descia e abria a porta para eles. As visitas piscavam sonolentas para o sol forte, como se houvessem passado um tempo em uma caverna subterrânea ou como minhocas saídas da terra depois da chuva. Chegavam com toda a naturalidade, apesar de o doutor nunca antes ter trazido ninguém da cidade consigo até Lilltuna, com exceção das ajudantes, do afinador de piano e do mestre Valdemar. Fiquei com a impressão de que o contorno exterior de Lilltuna estava se dissolvendo, e que as fronteiras da propriedade flutuavam e se misturavam com tudo aquilo que havia ao lado de fora, os campos, a floresta, as fazendas vizinhas que se tornavam mais numerosas quanto mais próximo se chegava da cidade. Na minha cabeça, o doutor tinha uma espécie de acordo com os visitantes, assim como tivera com o afinador; eu tentava imaginar o momento em que ele deixara de se importar em proteger Lilltuna dos olhares alheios, que algo devia ter feito com que mudasse de opinião e ficasse entediado, tal como uma névoa perturbadora, de repente, se dissipa e desaparece em um dia claro e corriqueiro. Talvez ele simplesmente não soubesse mais o que fazer comigo. Quando a aguardente e o *punsch* de Fanny terminaram na despensa, os visitantes apanharam suas próprias garrafas trazidas da cidade, bebidas de diferentes cores que ficaram degustando no gazebo durante aquela noite de verão, com o forte perfume de maçã e de jasmim pairando no ar ao seu redor. Assim que desceram da carruagem na sua chegada, olharam para mim com uma expressão de interesse e um toque de algo semelhante a horror no rosto. Eu estava parada nas escadarias da frente, vestida em meu traje de marinheiro, curto demais nos braços, com o corpete bem amarrado em volta do abdome, preocupada porque o dr. Eldh não havia reparado que minhas roupas já não me serviam e não me trazia novas, como costumava fazer. As noites mal dormidas tinham me deixado com o rosto muito abatido, eu via no pedaço de espelho de Krantz, e minhas pernas e meus braços tinham crescido tanto, revelando minha condição incurável de inchaço, assim como as orelhas de cachorro dentro da faixa, cada vez mais difíceis de serem escondidas.

Apesar de tudo, o doutor parecia não ter percebido o que estava acontecendo, pois me chamava como sempre fizera, me pedia para tocar alguma das melodias do caderno de partituras com as janelas abertas, para que a música o alcançasse junto às visitas lá fora, todos bem acomodados sobre as almofadas no gazebo. Certa vez, no meio de uma interpretação, tive uma sensação muito desagradável de que havia esquecido como se liam as partituras e tudo aquilo que tinha aprendido em Lilltuna desaparecera como em um passe de mágica, os cálculos, as letras, os nomes das flores e tudo aquilo que o doutor havia me ensinado nas aulas na biblioteca debaixo do relógio de parede. Pisquei energicamente até as lágrimas escorrerem pelo meu rosto e, assim, consegui retomar o ritmo, e os pequenos pontos pretos da partitura flutuaram na minha frente outra vez. Lá fora, Krantz rachava lenha com o machado, fazendo o campo estremecer. Os pinheiros na entrada do bosque pareciam gigantes de ombros encolhidos e mãos decepadas. O mestre Valdemar andava em volta das visitas, muito atencioso, sempre pronto a chamar Fanny quando a bebida terminava. Assim que ela vinha com a bandeja, ele mesmo circulava pelo salão, encarregando-se de encher as taças dos convidados. Comportava-se com maneiras e gestos atentos de um anfitrião experiente, então se podia perceber uma certa tensão por trás do pincenê do doutor, como uma leve insatisfação, que, no entanto, desaparecia tão rápido como havia surgido. Os convidados deixavam os casacos atirados sobre os encostos das cadeiras e jogavam a cabeça para trás enquanto tragavam seus charutos ou caíam na risada depois de um comentário divertido; algumas vezes ficavam mergulhados em assuntos do qual eu só captava algum fragmento, as conversas deles se referiam àquilo que ocorria fora de Lilltuna, essas paisagens, fenômenos e nomes que eu desconhecia.

Às vezes, as visitas se calavam e ficavam escutando, intensamente, o mestre relatar seus anos passados junto à corte e suas viagens ao continente ou falar sobre música, muito emocionado. Sorriam ao ouvir obscenidades, bebericando o licor com um brilho especial nos olhos, que nunca consegui definir se era de constrangimento ou entusiasmo. Eles se aglomeravam no sofá do salão ou nas velhas poltronas no jardim, eu sentava ao piano para diverti-los, a fumaça era espessa atrás de mim, apesar de as janelas ficarem bem abertas naquelas noites de verão. *O doutor arrumou tudo muito bonito aqui para a menina*, disse um deles uma vez quando virei depois de tocar piano e fazer uma reverência. *A senhorita deve estar agradecida por ter sido salva de um destino cruel, não é mesmo?*, perguntou ele em seguida. Todos se voltaram para mim, aguardando pela minha resposta, que veio depois de um instante de reflexão. *O dr. Eldh tem sido muito generoso comigo, por me proteger dos perigos da cidade, do frio e da escuridão das noites, me acolhendo aqui em Lilltuna.* Então, eles se calaram, o silêncio se tornou escorregadio e estranho enquanto trocavam olhares nervosos entre si antes de explodirem em gargalhadas. Percebi que a tensão tinha surgido outra vez por trás do pincenê do doutor, e meu rosto ardeu e ficou entorpecido. O doutor engoliu em seco antes de relaxar e acompanhar os outros na gargalhada.

Foi com esses convidados, assim como com as visitas do afinador de piano e com os passeios do doutor acompanhado pelo mestre Valdemar ao longo da cerca, que percebi fios invisíveis e correlações que pairavam no ar, olhares e expressões intercaladas entre as palavras que flutuavam entre um e outro, tal qual um bater de asas vigorosas e desafiadoras, perguntas e respostas tão tangíveis quanto evasivas. Como se falassem uma língua que eu não compreendia, mas que me obrigava a adaptar meus movimentos em seu favor, uma gramática com regras próprias que, se eu violasse, faziam meu rosto arder e se desmanchar com o calor. E porque os visitantes sempre retornavam, aprendi tudo da mesma maneira que tinha aprendido antes em Lilltuna, as irregularidades das tábuas do chão, o feixe de luz que atravessa o céu e se transforma em escuridão noturna, os buracos no solo que os animais deixaram debaixo das árvores.

O mestre Valdemar sorria de boca fechada, e seu sorriso fazia o bigode retorcido apontar para os lados acima do lábio superior bem delineado, dando-lhe uma aparência de gato. Fiz uma reverência profunda e desejei boa-noite aos convidados, atravessei o iluminado salão com os olhos cor de grama me acompanhando fixamente e subi a escada para o meu quarto. A vigília era como uma coberta de pele ao meu redor e o quarto se soltava, flutuando pela noite. O céu tênue de julho deslizava sobre as tábuas do piso em retângulos lentos.

Eu andava de pés descalços entre as árvores frutíferas do jardim, ficava olhando os passarinhos mortos caídos dos ninhos. As órbitas oculares estavam vazias e alguns tinham os bicos quebrados, as asas mal se distinguiam, meio derretidas junto ao solo, em breve se tornariam terra e grama.

Quando o doutor retornou para a cidade acompanhado dos convidados, ficamos novamente a sós com o mestre Valdemar. Ele ainda não havia percebido a presença da novata. Quando buscava Hulda no quarto das criadas e a fricção debaixo da sorveira recomeçava, eu vestia as calças de sarja, deitava-me estendida no chão e murmurava as palavras de Jesus para abafar todos os outros ruídos. Estalava os dedos ao redor do cabo da pá, esperando que a criatura viesse até mim no meio da noite. Quando ela enfim saía das trevas no canto do quarto, com seu rosto peludo, eu já não tinha mais medo. Às vezes ela ficava sentada no canto debaixo da janela ou em cima do armário, balançando as pernas magras de menina, como se fossem duas velas pálidas na escuridão. Ela me olhava com seus olhos reluzentes ou assentia com a cabeça, de maneira amigável ou eloquente, antes de desaparecer rápido como um raio na escuridão.

A luz atravessada do amanhecer se esparramava pelo meu quarto, fazendo brilhar o metal dos meus brinquedos desgastados. Do andar de baixo, vinham os ruídos dos movimentos matutinos de Fanny junto ao fogão. Então, retomava comigo mesma as instruções da Esquálida, aquilo que ela tinha me dito de seu lugar na escuridão, no canto do quarto ou de cima do armário.

"E o dragão feito de fogo surgia em frente à mulher com a coroa de estrelas na cabeça, que gritava devido às dores do parto. A longa cauda da Besta arrastou consigo as estrelas até a terra enquanto esperava aos pés da mulher para devorar a criança. Entretanto, a mulher conseguiu escapar para o deserto, voando com suas asas de águia. O dragão foi atrás dela, lançou uma torrente pela boca para que ela fosse arrastada pela correnteza, porém a terra ajudou a mulher. Um trono feito de ônix, jade, esmeralda, berilo e ametista. O deserto se converteu em uma planície de ouro, de onde ela retornaria para sua filha, aquela que com seu cetro virá para lançar a criatura no lago de fogo. E essa é a segunda morte."

Listras flutuantes e brancas no céu azul.

Não sei por que senti essa necessidade de sentar na escada da cozinha para escutar Bedan murmurar seus números inventados ao contar as pinhas. Por que eu teimava em voltar, sendo que ela nunca me respondia se lhe perguntava algo e se, de qualquer forma, ela seria tirada de mim.

À maneira dela, acabava me respondendo. Como quando, sem olhar para mim, fazia uma pequena pausa na contagem, se eu sem querer raspasse o tamanco de madeira na escada ao me acomodar ali. Um movimento discretamente parado no ar. Ou ainda quando me dirigia aquele olhar maroto sobre a mesa, como sinal de que não pretendia parar de se lambuzar ao comer apenas porque Hulda e Gustava ficavam enojadas.

Então, me sentava com ela nos fundos da casa, com o seu murmúrio subindo até o céu e criando uma cúpula invisível, um escudo de vidro ao seu redor. Imaginava que também podia estar incluída sob essa proteção se ficasse ali com ela por um instante, ouvindo sua contagem e a deixando murmurar o quanto quisesse.

O amanhecer de madrepérola. O orvalho da grama de verão antes de ser engolido pelo calor do dia.

*

O dr. Eldh me tirou à faca da escuridão, depois me salvou das ruas e me levou para Lilltuna, sempre me trazia brinquedos novos. Uma caixa de música envernizada de azul-turquesa com uma bailarina vestida de saia de tule, caixinhas com tampa de mármore de diferentes tamanhos, um caderno com capa de veludo verde, com cadeado e chave. Eu me sentava no jardim junto ao arco coberto de musgo e escrevia meu nome nas pedras com o giz da lousa, ficava deitada sobre o telhado corroído do gazebo. Deixava o sol do fim da tarde brincar em meu vestido e meus pés descalços, sujos da terra úmida do jardim. Não gostava quando as nuvens abandonavam o céu e o deixavam vazio e imenso sobre a minha cabeça, então, cobria o rosto com o chapéu, fechava bem os olhos para deixar de fora todo o espaço infinito. A corda pendia do nó que eu pedira para Fanny amarrar ao redor da minha cintura, a ponta se arrastava pela relva como se fosse uma serpente preguiçosa e impotente. Eu encontrava pedras e cacos de porcelana no jardim e os guardava nas minhas caixinhas, examinava o solo em busca dos vestígios daqueles que moraram ali antes de nós, desenterrava pedaços de xícaras de café quebradas, deixadas depois de piqueniques e reuniões entre os caramanchões. Tudo aquilo encontrado se tornava tesouros e achados que eu punha na casinha de bonecas, entre as mesas, as cadeiras e as lamparinas nos pequenos cômodos forrados de papel de parede. Eu me sentava à escrivaninha de nogueira com o dr. Eldh e o sorriso das filhas, que me olhavam por trás do vidro ovalado de seus retratos; sempre tive muita cautela com as perguntas que lhe fazia.

Talvez ele sentisse falta de um escritório para trabalhar em paz ou de uma menina para ser sua confidente. Aprendi a conhecer cada canto do jardim, aprendi a escrever corretamente e a fazer reverências quando ele me acariciava a cabeça às escadarias nas suas chegadas. O doutor sempre retornava, até que deixou de fazê-lo.

Depois que fugi para o bosque com Bedan, o doutor deixou mais de duas semanas se passarem até retornar à Lilltuna. Suspeitei que para me castigar ou por outra razão mais difícil de definir, uma perda de interesse, um aborrecimento geral, pois já tinha se passado bastante tempo desde que o doutor me trouxera vestidos de seda e veludo para meus recitais ao piano. Talvez já nem soubesse mais o que fazer comigo.

Quando esteve em Lilltuna durante o verão, adormecia cedo com frequência. Ele desabava no sofá do salão e caía em um sono profundo depois do *punsch* ou da aguardente ou ia cambaleando até seu quarto, fechava a porta e só saía de lá na manhã seguinte.

Talvez tenha sido verdade que, naquelas noites de verão, o doutor não tenha escutado o texugo lá fora, gritando como se houvesse levado um tiro ou enlouquecido. Um animal atormentado, que em situações normais Krantz teria silenciado com um tiro de espingarda, mas que agora, por alguma razão desconhecida, tinha deixado vivo em vez de enfrentá-lo, fechando-se em sua cabana. O doutor dormia, fechava a porta do quarto ou ficava sentado cochilando no sofá enquanto a atividade debaixo da sorveira começava no meio da noite. Veio julho. Nem mesmo na noite em que o mestre Valdemar buscou Bedan pela primeira vez o doutor estava acordado. Dormia em sua cama como sempre e não despertou apesar do ruído dos passos pesados do mestre com suas botas desatadas ecoarem por toda a casa, além dos gritos do texugo lá fora entre as árvores.

Mais cedo naquele mesmo dia, o doutor estivera sentado sob o guarda-sol na colina, acompanhado do mestre, para tomar o chá da tarde. A sombra atravessava o rosto do mestre, suas mãos tremiam um pouco por causa da ressaca quando ele levava a xícara fumegante até os lábios com seus dedos finos. De repente, Bedan passou junto ao pasto carregando uma bacia de água sobre os ombros para dar aos animais, então o mestre enfim a descobriu. Eu estava sentada na grama com *A flora* e vi com o canto dos olhos o mestre parado com a xícara no ar ao notá-la.

Talvez ele houvesse se fartado dos momentos sob a sorveira no meio da noite, do silêncio dos pássaros, do cinza que implacavelmente tomava conta do rosto de Hulda. Talvez preferisse como havia sido no início, quando ela fugia dele sob a luz noturna em seu vestido de lã e ele a perseguia por um instante antes de conseguir agarrá-la. Era difícil de adivinhar as necessidades do mestre quando ele era tomado pela sombra. O que ele preferia ou não nas noites em que ficava rindo, resmungando ou choramingando sozinho lá na poltrona no jardim e depois andando e chutando os móveis na biblioteca. Mais tarde, ele ia atrás de Hulda, tirava-a do sofá-cama e a empurrava para fora da casa até a sorveira, quando a pressão ficava forte demais. Mas logo a vontade dele pareceu ter passado e ele se cansou. Talvez da rotina, da cor cinza ou da submissão de Hulda, que substituiu o primeiro brilho de medo que a fazia lutar contra ele e, depois, conformou-se e ficou estranha, um buraco cinza de nada debruçado sobre o mingau. Talvez ele houvesse se fartado ou começado a ter outros pensamentos, sem nenhum motivo aparente. O sol reluzia tão bonito lá na colina quando Bedan passou com a bacia. Ele parou com a xícara no ar e, com seus olhos verdes brilhantes, avistou-a carregando a água. Em seguida, levou a xícara aos lábios e tomou um gole do chá.

Naquela noite, ele foi buscar Bedan. Na manhã seguinte, Hulda comeu o mingau com grande apetite na cozinha. Somente uma vez deu um olhar interrogativo e ao mesmo tempo aliviado para Bedan, que estava sentada à sua frente, sorvendo ruidosamente com seu lábio partido, como se nada houvesse acontecido.

Durante o intervalo de trabalho no meio do dia, Bedan voltara à colina contando as pinhas, como costumava fazer. O doutor veio e foi embora de carruagem, julho passou. A cada vez que as sombras encobriam o rosto do mestre, fazendo com que ele ficasse intratável e incompreensível, o doutor passava uns dias na cidade junto das filhas e dos pacientes, para que o mestre se recuperasse em paz. Tinha vezes que eu achava que o mestre fazia alguma espécie de trabalho para o doutor, algum outro trabalho qualquer que precisava ser feito em Lilltuna, como ordenhar as vacas de madrugada, rachar lenha, depenar as galinhas, fazer geleia, apanhar água no poço. Talvez o mestre fosse mesmo uma pessoa iluminada e invejável, que se movia com naturalidade entre as criaturas noturnas. O doutor se recostava no sofá do salão, observando o mestre com os olhos reluzentes, admirados e submissos. Aquele brilho no olhar se tornou um elo entre eles, um fio invisível conectando seus corpos. O doutor chegava e partia, Hulda comia seu mingau aliviada, a cor cinza agora se dissipara de seu rosto. De noite, era Bedan quem era buscada no quarto das criadas e levada para o jardim, eu a ouvia murmurando e batendo palmas lá embaixo. Então, o mestre a espancava algumas vezes e ela se calava. Ao longe, na escuridão, o texugo gritava no lugar dela.

Isso não tinha importância para alguém como Bedan, porque durante o dia ela sentava na colina para contar pinhas outra vez, como sempre fazia e como se nada houvesse acontecido. Executava suas tarefas com hematomas pelo pescoço e um dos olhos inchados. Agosto chegou. No matagal do jardim, os arandos vermelhos brilhavam como gotas de sangue flutuando sobre o campo. De noite, eu recitava as palavras de Jesus, mas ainda assim ouvia Bedan ser arrastada e empurrada pelo corredor para ser levada ao jardim e derrubada no campo. A cada vez que ela batia palmas e começava a murmurar, somente se calava quando lhe espancavam. Da janela eu avistava, sob a neblina cinzenta, quando o mestre a arrastava para bem longe de todos os olhos e ouvidos, e eles eram engolidos pela escuridão da vegetação do jardim ou se camuflavam no meio do campo. Se eu fixasse o olhar, conseguia enxergar a camisa do mestre lá embaixo, uma mancha de luz fraca pairando logo acima do solo antes de ser consumida pela noite. No curral, as vacas se movimentavam sobre a grama seca do verão. Corpos pesados reluzentes na escuridão. Não ventava. A noite se transformou em um corpo peludo que se erguia das sombras com suas pernas esguias de menina e seu rosto de animal ainda não nascido. Lá embaixo no corredor, Fanny havia fechado sua porta, e Krantz se mantinha em sua cabana, com exceção dessa noite, pois os ruídos da atividade estavam mais alto que de costume.

Eu estava de calças no meu quarto segurando a pá. Quando amanheceu, tirei-as e empurrei a pá para debaixo da cama. Depois desci, sentei na escada da cozinha como sempre e fiquei aguardando por Bedan.

No meu sétimo aniversário, o doutor me deu uma pipa de presente. Era vermelha e confeccionada em um papel fino como a seda, quase transparente, presa a uma cruz feita de palitos. Em uma das pontas, havia uma linha fina e trançada, que eu segurava firmemente em uma das mãos quando ia na carruagem com o doutor, subindo a colina para soltar a pipa ao vento. O doutor estava contente e animado, segurava a pipa com cuidado entre os dedos, erguendo-a um pouco acima dos joelhos a cada vez que o veículo sacudia, para proteger o papel delicado. O céu estava azul-claro, era um mês de agosto muito quente, o ar se encontrava parado sobre o campo.

Corri o dia todo ao lado do doutor com a pipa, sem que o vento aparecesse. Na estrada, o cocheiro sentado na carruagem sob a sombra das árvores nos observava correr de um lado para o outro tentando apanhar um resquício de vento para empinar a pipa, eu com a linha na mão e o doutor atrás de mim. Cada vez que uma leve brisa soprava, o doutor soltava a pipa, que se erguia um pouco sobre o solo e caía em seguida. O papel vermelho se rasgou ao se arrastar sobre os sulcos do campo e o doutor praguejou. Azul infinito acima. Então, o doutor perdeu a paciência e quebrou a pipa no meio da cruz de palitos, deu meia-volta, atravessou o campo e retornou para Lilltuna sem se preocupar com o cocheiro ou com a carruagem. Fiquei parada lá em cima, com as colinas verdejantes de verão atrás de mim e lá embaixo as fazendas que se destacavam com suas casas quadradas e de cor vermelho-ferrugem, com detalhes brancos de madeira, as chaminés fumegantes, os animais que andavam pelos pastos, pontos que desapareciam contra a paisagem amarelada. Passado um instante, o cocheiro chicoteou o cavalo para subir até onde eu estava e me buscar. Pus ao meu lado no banco da carruagem a pipa e uma tira do papel frágil, que havia sido arrancada na última tentativa de voo. Antes de fechar a porta, ele me olhou curioso ou com pena. Quando a carruagem se pôs em movimento, apanhei a tira de papel e botei para fora da janela, ainda a segurando. De repente, veio o vento e a arrancou da minha mão, fazendo a asa vermelha finalmente voar.

Era noite quando levei Bedan comigo. Ela ainda sentia dor e a obriguei a atravessar a floresta até chegar ao lago. Foi depois do fim de tarde em que aquele que se autodenominava mestre Valdemar levantou, de repente, de sua poltrona no jardim, foi cambaleando até o curral e desapareceu durante horas. Só retornou depois que a noite de verão se estendeu densa e granulada ao redor de Lilltuna, atrás de Bedan ou por alguma outra razão que não se podia entender. Antes disso, ele estivera mais louco do que de costume lá embaixo na biblioteca, tinha passado muito tempo sentado na poltrona delirando, acompanhado da garrafa, antes de levantar de supetão e sair correndo ao entardecer. Seus cabelos cacheados reluziam com os últimos raios de sol enquanto ele caminhava no meio do capim alto no campo a caminho do bosque. Eu estava sentada na janela e o observava, tinha vestido as calças de sarja e, quando notei que ele demorou para voltar, achei por um instante que o fim havia chegado, que ele houvesse entrado em um pântano e afundado, ou se afogado no lago, ou que enfim tivesse decidido ir embora de Lilltuna de uma vez por todas. Infelizmente o escutei voltando mais tarde, pisoteando os pedregulhos da entrada. Depois se batendo nas paredes no corredor do quarto das criadas. Ele abriu a porta com força e entrou, porém não saiu de lá com Bedan como de costume.

Talvez tenha sido o inesperado silêncio do texugo que me fez descer até a cozinha para esperá-lo. Eu era a Enfaixada, tinha o lampião aceso sobre a mesa e a pá preparada na mão, fiquei muito tempo sentada na cozinha esperando enquanto o mestre se mantinha fechado no quarto com Bedan, sem se importar que Hulda e Gustava ainda estivessem deitadas no sofá-cama, como se já nem se incomodasse com quem via ou ouvia alguma coisa. Os ruídos que me alcançavam do quarto eram do corpo de Bedan batendo com violência contra os painéis das paredes e escorregando sob o peso do mestre. As sombras da noite de verão sobre as árvores do jardim. As gargalhadas estridentes das pegas.

Foi então que avistei Krantz. Ele apareceu inesperadamente em um quadro de luz da janela, refletido sobre a escada da cozinha. Ficou parado no degrau inferior, segurando o corrimão com força, como se estivesse preparado para sair correndo, como se houvesse acabado de acordar em sua cabana ou como se tivesse passado um tempo deitado em seu colchão de palha, criando coragem, e enfim decidido entrar na casa e pôr um ponto final naquilo. Deu alguns passos, subiu as escadas, porém hesitante, andando no mesmo lugar e sem entrar. Parecia querer resolver a situação, mas ainda titubeava, até que não hesitou mais. De repente, me encarou através dos vidros da janela com um olhar penetrante e sincero, como que se desculpando. Ele se deteve por um instante sob a luz bruxuleante do lampião antes de desviar o olhar e dar de ombros. Deu meia-volta na escada, retirou-se do foco de luz e voltou para sua cabana. Sua figura de costas despareceu no meio das árvores.

A luz do lampião ficou oscilando até se apagar.

Quando a porta enfim se abriu no corredor e escutei o mestre voltar para a biblioteca, as árvores noturnas já estavam escuras como o breu. Ele parecia estar descalço, não se ouvia o ruído dos passos pesados de suas botas, tampouco qualquer movimento de Bedan. Permaneci mais algum tempo na cozinha, segurando a pá e com o lampião apagado na minha frente. Então, dirigi-me direto até o quarto das criadas. Encontrei Hulda e Gustava muito caladas e de olhos arregalados, ainda deitadas no sofá-cama. Os olhos delas reluziam na escuridão e mostravam o que se passava em sua mente. O ar no aposento estava carregado e estranho. Bedan, no canto embaixo da janela, murmurava sentada. Uma faixa de luz noturna caía sobre seus cabelos desgrenhados e suas têmporas. Estava nua da cintura para baixo, então, eu a ajudei a ajeitar sua saia. Na penumbra, enquanto a guiava para fora do quarto abafado, que cheirava a corpos e horror, percebi que ela sangrava por trás. Alcancei-lhe as botas de Fanny, para que as calçasse.

Quando chegamos à colina e começamos a nos encaminhar para o lago, ela murmurava incessantemente com seu lábio partido. Cheiro de outono nessa noite de fim de verão. Faixas prateadas entre os pinheiros. Sob o céu se estendiam os pântanos. Bedan andava com dificuldade, tropeçava entre as pedras, caía no matagal. Eu golpeava a vegetação com a pá para abrir o caminho. A noite me fazia ficar confusa e perdida, eu demorava para encontrar a trilha que levava ao lago. Tentava me lembrar de como as cabeleiras pretas tinham ido até lá naquele verão, com a cesta de piquenique e comigo no carrinho de mão. Continuamos andando pelo solo escarpado e descemos através do bosque fechado em direção à água durante um momento que pareceu uma eternidade. Às vezes era como se a jovem criatura aparecesse à nossa frente, com suas pernas esquálidas e seu rosto confiante, um tom mais claro em meio aos arbustos, como se nos mostrasse o caminho para nos animar a seguir. Uma vez achei que ela estivesse estendendo a mão para nós e acenando. No matagal lá embaixo, os animaizinhos noturnos faziam ruídos e, entre as árvores ao longe, rebanhos de cervos se moviam, o odor fétido de vida selvagem e cadáver de pássaro penetrou pelas minhas narinas.

Bedan caiu em um pântano e ali permaneceu. Eu a arrastei e fiz com que se sentasse, porém ela não me deixou fazer mais do que isso. Ficou parada, com o corpo pesado e apático, e recomeçou seu murmúrio, que ia se tornando cada vez mais agudo. Comecei a puxá-la pelos braços, empurrando suas costas com toda a força para que se mexesse. Eu gritava seu nome, a chamava por palavras ofensivas, lhe puxei as tranças até se desfazerem e ficarem sujas de terra. Dentro da floresta estava tudo calmo agora, nenhuma criatura magra nos acenava mostrando o caminho, somente restara o alvoroço dos pássaros e os infinitos campos cobertos de árvores. Quando tateei em busca da pá, percebi que havia desaparecido. Então, afundei-me junto de Bedan e fiquei sentada ao seu lado enquanto o bosque se fechava em seu silêncio. Bedan murmurava para si mesma e achei que agora a escuridão nos levaria para sempre. Mas então senti o cabo duro da pá roçar minha perna e passei a procurar com os dedos ao longo das calças de sarja, encharcadas pelas águas pantanosas, até que consegui agarrar a ferramenta. Em seguida, me ergui e bati com a pá no ombro dela com todas as minhas forças. E ela emudeceu de novo, como sempre quando lhe batiam. Ficou muito calma quando a levantei por debaixo dos braços. Neblina da manhã entre as árvores, que aos poucos se diluía, revelando a água. Véus pálidos sobre a superfície. A raposa passando do outro lado antes de se ocultar e desaparecer sob os pinheiros. No vale, o olho imóvel do lago, incrustado entre os juncos e as plantas, nos observando. Era como no sonho, porém sem o fogo.

Bedan tinha se afundado um pouco entre o musgo na beira do lago, com as botas emprestadas que eu havia calçado nela na escuridão do vestíbulo. Tinha se calado repentinamente, agarrada a uma pequena bétula à luz do amanhecer como se lutasse contra a dor. *Só mais um pouquinho*, insisti, lhe estendendo a mão. A saia dela trazia manchas cor de ferrugem na parte de trás. O céu se mostrava tenso sobre a água. O grito dos pássaros aquáticos ecoava. Depois, a luz do sol penetrando entre as copas dos pinheiros. A beira do lago na outra margem, encoberta pelo bosque espesso. Fiquei pensando na paisagem que se revelava por trás da vegetação, convertendo-se em vales e colinas cobertas de musgo, além de cabanas e fazendas. Estradas e ferrovias, mais florestas, rios, igrejas, as ruas das cidades com seus portos se abrindo para o mar. Ficamos acomodadas por um tempo sobre uma pedra junto à margem conforme o sol subia e sua luz brilhante refletia sobre o orvalho do musgo ao nosso redor. Bedan havia se recostado em uma bétula, de olhos fechados, talvez dormisse. Arranquei as botas enlameadas de seus pés, sua saia estava encharcada. Nenhum pássaro sobrevoava as águas. Havíamos chegado. Ainda assim, não tínhamos chegado a lugar nenhum.

Em seguida, ouvimos Krantz se aproximar com o carrinho de mão pela colina. Ele passou muito tempo tentando me fazer soltar os dedos que se agarravam em Bedan, bateu no dorso de minhas mãos até conseguir que eu a largasse. Céu azul profundo sobre as árvores. Odor de lodo subindo das águas paradas. Ele a pegou pela cintura, colocou-a no carrinho, sua camisa ficou escurecida por causa do suor enquanto ia levando-a de volta através do bosque. A umidade pingava das roupas dela, seu corpo pendurava-se para fora do carrinho de mão e o solo debaixo dos meus pés estremecia com meus passos atrás de Krantz. Quando chegamos em Lilltuna, Hulda e Gustava descascavam batatas sentadas no banco da varanda. Olharam para nós.

Depois foi minha vez de ser carregada por Krantz pela escada até meu quarto, com Fanny nos seguindo com o lençol apertado junto ao peito e um olhar evasivo, de um lado para o outro. Eu a observava por cima dos ombros de Krantz, tentando compreender.

Deixei que me tirassem a faixa, soltei a pá, Fanny e Hulda limparam meu corpo com toalhas molhadas. Fui vestida de camisola e ceroulas, me deram sopa de aveia para comer. Era meu décimo segundo aniversário.

Os tordos na sorveira lá fora, a luz do dia se esparramando sobre as tílias. Gustava junto do armário do penico nos fundos do meu quarto, me chamando pelo meu nome. *Cesárea,* disse com uma voz suplicante, como se quisesse me consolar ou me explicar algo que não tinha como ser explicado, mas não lhe respondi. Estava aguardando que a Esquálida voltasse para mim e, por isso, nem me virei.

Neve agora.

Prego as janelas para não deixar o frio penetrar, acendo o fogo com a última acha de lenha, não saio mais. Escuto, através das cortinas de veludo, os animais rondando a casa, talvez um lince ou uma raposa, ou vira-latas fugidos das fazendas vizinhas. Às vezes brigam selvagemente, se agitam e se calam, gritos agudos e corpos que se debatem uns contra os outros, depois apenas o vento batendo nas paredes externas. Durmo alguns instantes entre as vigílias, como devagar a carne-seca em tiras pequenas, aguardo.

Luz do luar.

Depois que nos buscaram no lago, passei dezesseis dias na cama debaixo do cobertor de lã esperando pelo doutor, que demorou demais para voltar. A cada ruído da chegada de uma carruagem no pátio, eu levantava rapidamente da cama e via, de imediato, que não era o doutor, tratava-se apenas de um cocheiro e de mais algum empregado que ele tinha enviado da cidade. Fiquei observando Krantz lá embaixo com as mãos enfiadas nos bolsos, enquanto eles colocavam os pertences de Bedan atrás do banco do cocheiro. Ela tinha a mesma aparência de quando chegara, porém sua saia tinha sido lavada e o rosto estava limpo. As tranças se sacudiram debaixo do xale quando a carruagem fez a curva, seu lábio partido se destacando no rosto um pouco assimétrico. Eu via seus lábios se moverem, como se estivesse contando. Acompanhei-os com o olhar todo o caminho ao longo do jardim e na subida da colina. Quando chegaram ao topo, ela se virou, de repente, olhando para mim e para Lilltuna pela última vez. Lembrei-me de como ela hesitava em sua contagem de pinhas sempre que eu raspava o tamanco na escada da cozinha quando estávamos juntas nos fundos da casa, me recordei de seu olhar castanho devorando o mingau com voracidade. Seu rosto era agora ovalado e branco, encoberto pelo xale sujo ao longe no campo, impreciso e distante, como se estivesse do outro lado de um lago. Em seguida, a carruagem subiu a colina e desapareceu.

A outra carruagem chegou ao amanhecer alguns dias depois, mas tampouco o doutor apareceu. Dessa vez permaneci na cama sob a luz granulada e não levantei. Ouvi o cocheiro contratado lá embaixo com os pertences do mestre Valdemar. Ele foi embora tão inesperadamente quanto havia chegado, como um sonho que desaparece em um piscar de olhos. Creio que tenha se recuperado e, por essa razão, foi embora. Talvez voltasse para a mansão da família Eldh na cidade, se sentasse junto à lareira, bebericasse uma taça de *punsch* quente enquanto contava para as filhas do doutor sobre todos os acontecimentos belos e intrigantes do continente. Seus dedos longos segurariam a taça com leveza e ele não se queimaria com o líquido quente, seu rosto estaria liso e livre de todas as sombras depois da prolongada recuperação na residência de verão do doutor. Talvez não houvesse mais nada a se dizer além disso. Duas nuvens resplandeceram contra a luz do céu por um breve momento e saíram deslizando juntas até desaparecerem de vista, com a mesma leveza ancestral que as sementes crescem na terra, até se converterem em árvores.

Escutei a porta da carruagem bater e se fechar e, em seguida, o ruído das rodas e dos cascos aos poucos se desvanecer. Ainda estava amanhecendo. No curral, as vacas mugiam. Fiquei imaginando como levantavam da relva durante a noite.

Neve.

Quando o doutor finalmente apareceu, passados dezesseis dias, subiu as escadas com passos lentos até meu quarto. Ele sentou na poltrona aos pés da cama assim que entrou. Trazia um presente atrasado de aniversário em uma caixinha com laço dourado, que deixou aos meus pés sobre o cobertor. Ficou calado, a princípio. Eu ainda sentia o cheiro do lago nas minhas narinas. O vime estalava sob os cotovelos avantajados do doutor. Ele pigarreou, demorando um pouco até pronunciar alguma palavra, experimentando-as dentro da boca como se fossem um torrão de açúcar antes de me contar, mais uma vez, sobre a minha Criação. Sobre a esquálida debaixo da chuva, na frente da maternidade, sobre a cirurgia fora do comum, "uma das primeiras de tamanha importância", como ele costumava dizer. A incisão no abdome, a hemorragia, os olhos amarelos da jovem que percorriam as paredes com a vista desorientada, como ele havia feito para me trazer ao mundo. Eu ainda imaginava seu rosto jovem em frente ao espelho lá na cidade, naquele dia há muito tempo quando fui tirada da escuridão. Os olhos azuis sob as sobrancelhas espessas, a barba nas faces um pouco mais cheia ao longo das mandíbulas. Céu de setembro a caminho de outubro.

O doutor agia como de costume quando me relatava essa história, fazia com que as palavras soassem novas ou nunca usadas, assim como passarinhos recém-nascidos, porém eu ouvia algo de oco por trás de tudo, outro tom diferente do usual, um rastro de tédio ou de falsidade, como um cansaço. Seu rosto amplo brilhava sob a luz lá de fora, que se sobressaía acima dos meus pés e do pequeno presente de aniversário com a fita dourada enquanto ele, pensativo, retorcia os dedos. Eu tentava recordar o momento em que ele se fartara de Lilltuna, se antes da longa viagem, quando tinha deixado de me trazer os brinquedos que eu anotara na lista e se esquecido de me presentear com novos patins para o inverno, ou se por causa da enfermidade em meus membros, ou se teria acontecido algo antes, quando eu ainda era pequena e tinha aulas na biblioteca sob o relógio de parede e corria até ele nas escadarias da casa e deixava que me erguesse e rodeasse no ar.

A luz cinzenta caiu sobre os brinquedos e o púlpito abandonado. O doutor levantou da poltrona sem me olhar nos olhos e beliscou levemente meus dedos dos pés debaixo do cobertor, como que para me encorajar, antes de descer até a carruagem e partir de novo. Essa foi a última vez que ele esteve em Lilltuna.

Passado um pouco de novembro, da minha janela avistei Hulda e Gustava saírem no frio intenso e atravessarem o campo ao amanhecer. Tinham empacotado suas trouxas e as pendurado nas costas, andavam inclinadas e com pressa entre os sulcos da plantação e não se viraram para trás. Havia uma estreita faixa de luz sobre as copas dos pinheiros quando passaram por eles e desapareceram em seguida. Estrelas na infinitude celeste.

Depois que Hulda e Gustava foram embora, não trouxeram novas criadas para Lilltuna. Ficamos somente eu, Krantz e Fanny nos últimos anos. As vacas foram vendidas, duas das vermelhas permaneceram ali por causa do leite, assim como alguns carneiros e galinhas. Cresci muito e meus cabelos ficaram compridos. Eu usava os vestidos que Fanny não queria mais, as bolhas ficaram pesadas sob a blusa e eu as deixava soltas. Comecei a buscar lenha e a cuidar das galinhas quando Fanny ficava cansada demais para cumprir suas obrigações. As galinhas cacarejavam em suas gaiolas quando eu entrava no galinheiro e, se alguma delas conseguia escapar de ser degolada na colina, eu a deixava correr. Asas amareladas se debatendo no campo. Nunca perguntei para Fanny se havia chegado alguma mensagem da cidade ou do dr. Eldh, pois não queria incomodá-la. Deixei que ela continuasse a cuidar de mim até que não aguentasse mais e depois passei a cuidar de mim mesma. Ela ficava sentada na varanda com o casaco sobre os ombros, parecendo um corvo magro, encolhida sobre o banco para observar as nuvens do crepúsculo que passavam rapidamente enquanto mascava o tabaco. Às vezes, Krantz ia para a cidade comprar-lhe a massa preta e de cheiro forte com o dinheiro que tinha guardado na caixinha junto ao fogão a lenha. Eu não sabia se o dinheiro era ainda a pensão que o doutor pagava e que Krantz buscava na casa dos Eldh, porém sabia que o volume de compras tinha diminuído e que as sacolas vinham agora pela metade quando voltava de carruagem. A égua morreu, sobrou o alazão. Ainda vejo Krantz dentro do estábulo, sob a luz de fora, acariciando-a com movimentos longos e amplos. Fui ao jardim colher frutas e as guardei no saco pendurado às costas. Fiz geleia de peras para Fanny e permiti que comesse o doce no salão junto à lareira. Quando me vinha o sangramento mensal, deixava que o sangue escorresse pelas pernas até chegar aos tamancos, e ainda trançava os cabelos, porém logo deixei de fazê-lo. Apanhava o rifle de caça, ia para o bosque com Krantz, que me ensinou a atirar em pequenos pássaros; porém nunca fomos além do lago. Aprendi a atirar muito bem, ia sozinha ao bosque e, quando retornava da caça com um amontoado de pombos pendurados no cinto, Krantz me esperava junto à cerca com o antigo chapéu de couro do dr. Eldh na cabeça para se proteger da chuva. Levantava a mão e acenava. O arco-íris perolado cintilava no céu sobre o telhado da casa enquanto a cor acinzentada do céu se dissipava.

Muitas vezes, ao retornar de meus passeios, visualizava Lilltuna como um quarto infantil esquecido, o gazebo parecia uma casinha de bonecas da qual alguém havia se cansado e que havia abandonado, com seus pilares brancos e o telhado de cobre se destacando entre o verde ao redor. Quando alguém se aproximava, via o quanto a madeira estava corroída e descascada, a ponto de apodrecer. Um dos lados do gazebo acabou ruindo e, logo, o teto do meu quarto começou a ter goteiras, então me mudei definitivamente para junto de Fanny na cozinha. Ela ficava sentada na poltrona de vime que eu tinha levado do meu quarto lá para baixo e colocado junto ao fogão a lenha, cujas brasas ela remexia com o ancinho. Suas mãos estavam ressecadas e magras, o tabaco formara uma bolota no interior de sua bochecha, naquele rosto castigado pela idade.

Trovoadas passando pelas encostas da primavera.

A luz dourada entre os choupos enquanto a chuva diminuía.

No último inverno, Fanny estava acamada e tossia violentamente durante as noites, suas costas ossudas podiam ser vistas através da camisola e, quando apertei sua mão, ela estava muito fria e não respondia. Finalmente, em janeiro, Krantz a acomodou no trenó debaixo de várias camadas de cobertores e peles para buscar ajuda para a tosse na cidade. O rosto dela estava miúdo como o de uma criança rodeado pelas peles, seus olhos febris me observavam tristes e indagativos. Fiquei parada na escada, vestindo o velho casaco de inverno dela e segurando o lampião para ajudar Krantz no escuro. A neve estava profunda ao redor da casa, com exceção dos lugares onde havíamos a empurrado para o lado para que o trenó pudesse passar. A paisagem reluzia estranha quando ele se sentou e chicoteou o cavalo para que partissem. Não nevava. Frio terrível.

Durante três semanas, fiquei esperando que voltassem, depois não esperei mais.

Retirei a neve junto ao estábulo com a pá para poder entrar e ordenhar as duas vacas que tinham restado. Minhas mãos estavam tão geladas que a primeira vaca se esquivou quando a segurei pelas tetas. Deixei o leite quente escorrer pelos dedos vermelhos de uma das mãos antes de fazer o mesmo com a outra. Escutei o lince rondar lá fora na colina e depois rodear a casa.

Comecei a dormir na biblioteca, junto à lareira, deixei os gatos entrarem, degolei uma das últimas galinhas e comi lentamente a carne assada, debaixo do relógio de parede com o casaco de inverno. Aguardava pela Esquálida, que regressaria de sua Noite. Trazia a corda amarrada ao redor da cintura logo abaixo das bolhas flácidas. Deixava que se arrastasse atrás de mim quando andava pelo campo como se fosse a cauda de um animal ou uma cobra venenosa. A corda ficou pegajosa da umidade da terra, e depois dura e encardida.

Em março, a forragem de inverno para os animais terminou.

Do estábulo, as vacas chamavam por mim durante as noites e os últimos carneiros baliam desesperados no curral. Acabei indo até lá, abri a porta e os deixei sair trotando pelos campos gélidos que levavam até a estrada.

Passadas algumas horas, começaram a aparecer pessoas no alto da colina. Pela janela reconheci imediatamente o fazendeiro que havia vindo para a monta com um dos touros fazia muito tempo. Eu havia apagado o fogo atrás de mim, para que não saísse fumaça pela chaminé. O fazendeiro e seus empregados entraram hesitantes e cautelosos no pátio, bateram na porta da frente e na da cozinha. Sacudiram a neve das botas antes de entrarem na cabana dos empregados, na lavanderia, no galinheiro e, por último, no estábulo, onde pegaram dois carneiros que tinham voltado do campo depois que eu os soltara. Amarraram os animais com a corda que traziam presa aos cinturões. Em seguida, foram atrás das últimas galinhas que ainda estavam dentro das gaiolas no galinheiro e as colocaram dentro de sacos. As galinhas gritavam e se debatiam lá dentro. Antes de levar os carneiros e os sacos com as aves, o fazendeiro examinou cuidadosamente as janelas da mansão. Os casacões marrons foram diminuindo de tamanho conforme se afastavam e subiam a colina; consegui ver os rostos vermelhos de frio brilharem ao longe sob os gorros quando eles se viraram pela última vez antes de desaparecerem depois da crista.

Os vincos negros da floresta já rasgavam o céu quando a escuridão da tarde baixou sobre a casa novamente.

Adormeci com o rifle de caça ao meu lado e com a corda amarrada na cintura, atirei pedras no poço para quebrar o gelo, acendi o fogo na lareira com a lenha que ainda restava sem me preocupar com a fumaça que subia ao céu branco e amarelado sobre a casa. Ninguém mais apareceu em Lilltuna até o fim da primavera.

Eu sentava na poltrona da biblioteca, enrolada na manta de cavalo que tinha trazido do quarto, onde tudo continuava intacto, os brinquedos em suas caixas e o armário do penico fechado, exceto pela poltrona de vime que havia levado para Fanny nos seus últimos tempos em Lilltuna. Nunca mais fui até o quarto, mas às vezes ouvia o teto pingar lá em cima e imaginava o estado de apodrecimento da madeira, que, em breve, tomaria conta de toda a casa.

Fui até o estábulo, busquei palha e pus dentro das roupas, evitando olhar para o rosto desconhecido refletido no caco de espelho de Krantz, que se mantinha pendurado em um prego. Cortei a poltrona de vime ao meio para usar como combustível, joguei cada um dos manuscritos do doutor na lareira, os papéis se enroscavam na brasa e eu não conseguia mais distinguir se era a letra do doutor ou a minha própria que cobria aquelas folhas desgastadas. O odor de tinta queimada se misturava com o cheiro ácido de urina do balde que eu tinha deixado no canto e com o fedor de excrementos e de gatos que começava a impregnar as paredes. Os gatos tinham se acomodado no andar superior e eu os escutava correndo lá em cima durante as noites, talvez me evitassem ou já tivessem entendido que eu não dispunha de nenhum alimento para eles. Uma manhã, ouvi uma gata dar à luz no andar de cima, mas quando subi, algumas horas mais tarde, algum dos outros gatos já havia matado a mordidas os filhotes, que agora estavam despedaçados e imóveis sobre a escada em frente à porta entreaberta do quarto.

Não toquei mais piano, enrolei os cabelos em um coque e coloquei o velho chapéu do doutor que Krantz abandonara. Meus cabelos estavam muito compridos, cheiravam a gordura, sujeira e envelhecimento precoce. Crepúsculos dourados. O calor que emanava pouco a pouco da terra fazia o jardim cheirar a ranço e a corpo recém-nascido. Eu comia diretamente do fundo do saco de aveia, bebia água do poço com as mãos em concha e a água estava tão gelada que me caíam lágrimas dos olhos. Já era maio quando a carruagem da cidade chegou.

Estava sentada na biblioteca quando escutei o chocalhar na entrada da casa. Havia parado de acender a lareira porque a lenha tinha terminado no depósito e o verão estava a caminho. Eu me escondi atrás das cortinas de veludo. O cocheiro usava cartola e estava vestido a rigor, segurando dois cavalos prateados. Trazia luvas, gravata e seus sapatos mal estavam empoeirados quando desceu para abrir a porta da carruagem para as duas damas que saíram ao sol da tarde. Trajadas em vestidos coloridos de verão, abriram suas sombrinhas e arrumaram os penteados com as mãos. Piscaram um pouco contra o sol com seus rostos redondos e alvos como porcelana, deixando os olhos azul-claros curiosos deslizarem sobre a casa. Eu as reconheci imediatamente do retrato ovalado, apesar de não serem mais crianças com chapéus de verão, e sim duas mulheres adultas. Andaram ao longo do jardim sem entrar na casa, soavam um tanto tagarelas e ruidosas; uma delas era mais gorda do que a outra, andando para lá e para cá, examinando o gazebo em ruínas e as cercas descascadas, além do jardim inglês coberto de ervas daninhas. Apontaram encantadas ao avistarem um cervo correr atrás de uma corça sobre o campo crescido e se assustaram com o estrondo causado pelo cocheiro ao pisar em uma tábua apodrecida da varanda. Ele teve que sentar por um bom tempo na colina e esfregar o pé dolorido.

Passaram o dia todo andando e inspecionando Lilltuna, tinham trazido comida e refrescos e se acomodaram nos antigos móveis do jardim para almoçar. Apanharam papel e apetrechos, dando a impressão de que estavam fazendo cálculos. Fiquei com água na boca e senti a fome me arranhar o estômago. Finalmente entraram na casa pelo lado da varanda, apesar de o cocheiro tê-las alertado diversas vezes. Eu as via através da janela da biblioteca arrumando as dobras dos vestidos e tirando os chapéus. Escutei-as andando com cuidado em seus sapatos leves de primavera sobre o piso arqueado do salão. Estava começando a escurecer, fiquei parada na penumbra na biblioteca e agora havia chegado a hora: uma das filhas soltou um grito agudo e entendi que devia ser devido ao fedor e aos gatos. Em seguida, as duas correram para a varanda, com lenços pressionados sobre o nariz. Com as mãos enluvadas, se agarraram aos braços do cocheiro, que as ajudou a passar por cima do buraco da escada.

Continuei parada junto à janela enquanto elas entravam na carruagem e o cocheiro fechava a porta, chicoteando os cavalos, antes de dar a volta e partir ao longo do jardim para o alto da colina. As filhas do doutor nunca mais retornaram à Lilltuna.

Céu noturno vermelho reluzente, nenhuma nuvem.

Devorei com avidez os restos de comida abandonados sobre a mesa do jardim, adormeci ao lado do rifle enquanto os gatos corriam e caçavam uns aos outros no andar de cima. Dias de verão quentes e parados. Com as costas viradas para o sol ao lado de fora da biblioteca, arrumei os ponteiros do relógio de parede na direção certa, e lá dentro o maquinário estalava; um pouco do ouro descascado caiu sobre minhas mãos.

De quando em quando, algumas crianças das fazendas vizinhas entravam no pátio, eu me ocultava atrás das cortinas da biblioteca e ficava olhando-as brincarem, se esconderem nas outras casas, subirem e se pendurarem nas árvores do jardim sob o céu azulado dos meses de julho e agosto. Algumas vezes roubavam do estábulo os velhos fardos de palha de Krantz, que carregavam na carroça velha e enferrujada, andando através do campo e gritando triunfantes. Os olhos delas brilhavam e seus cabelos cor de rato apareciam sob os chapéus de verão.

Assim que a munição do rifle acabou, entalhei um arco, arranquei uma corda do piano e a estendi entre os extremos do pedaço de madeira arqueado. Comecei a praticar com o arco na lousa das minhas lições pregada a uma árvore. Logo me tornei muito hábil, alvejando pássaros, camundongos e coelhos. Eu os esfolava, limpava e assava no fogão a lenha, que acendia com os palitos de fósforo de Fanny. Céu cor de casca de ovo. Enxames de insetos. Quando as noites se tornaram mais frias, arranquei as cortinas de veludo de uma das janelas e me enrolei nelas. Em agosto, os palitos de fósforo acabaram, então fiz fogo com a lente de aumento do doutor, que segurei sob o sol até que a acha de lenha começasse a queimar. Quando as chuvas de outono vieram, fiquei sem comer durante dias.

Em setembro, ouvi outra vez o barulho de uma carruagem na estrada, então fui ao depósito de lenha para me esconder. Fiquei atrás do buraco onde as crianças das outras fazendas costumavam enfiar os dedos e palha quando faziam suas visitas. Aguardei. Avistei Krantz vir andando pelo pátio, nenhuma carruagem à vista. Ele vestia um casaco azul-marinho que eu nunca tinha visto antes, remendado nos cotovelos. Entrou na casa e subiu as escadas. Eu o via parado e olhando pela janela do meu quarto. Ouvi-o espantar os gatos. Saiu da casa e atravessou o terreno. Gritou meu nome. Eu estava encostada contra o buraco, com minha própria respiração queimando em volta do rosto. Enfim, entrou no cercado e no estábulo, com suas cabines abandonadas e o curral aberto. Saiu novamente, ficou parado na colina a alguns metros de distância de mim. De costas, cuspiu um pedaço de tabaco no chão, seu corpo parecia tenso sob as roupas novas, de repente ficou atento a algo. Repetiu meu nome, agora com a voz mais baixa. Pus a mão sobre a porta fechada, a madeira estava fria e úmida, poderia tê-la aberto com muita facilidade e permitir que me encontrassem.

Então, alguém chamou por ele do outro lado da casa, algum amigo ou um cocheiro que o acompanhava. Continuei com a mão sobre a porta, não a abri. Krantz ficou parado por um momento e, em seguida, andou devagar através da grama crescida em direção à voz de seu companheiro. Um cuco à noite. Aguardei no depósito de lenha até que não se ouvisse mais a carruagem na estrada. Fui deitar no ninho que tinha feito na biblioteca. Ao amanhecer, vi o sol ardente se erguer sobre o peitoril da janela até que o aposento ficasse banhado em vermelho. Quando as manhãs estavam frias, tateava com a mão debaixo da saia e colocava o dedo na bolinha quente em cima da fenda, fechava os olhos e a esfregava com cuidado.

Arrombei as gavetas da escrivaninha de nogueira e apanhei os pertences deixados pelo dr. Eldh, o rapé e o tabaco, tão seco que se desmanchava em pequenas partículas entre meus dedos, um pincenê quebrado, apetrechos para escrever, tinta ressecada e um par de luvas velhas de verão. Na última gaveta, encontrei a caixa de papel com a pélvis marcada com o número 38 em um dos lados. Arrumei os objetos de tal modo que pudesse vê-los bem; com o ossinho da pélvis fiz um colar com um fio de lã que arranquei do casaco de Fanny. Deixei que as formigas me picassem até se cansarem. Saía e caçava com arco e flecha no bosque atrás do campo que demarcava as fronteiras de Lilltuna. Nunca fui ao lago pescar. Comia a carne magra dos coelhos, que assava sobre uma fogueira nos fundos da casa. A pele estava chamuscada e, quando eu limpava o rosto depois de comer, o dorso da minha mão ficava escurecido.

O outono terminou, o inverno chegou, se passaram várias primaveras.

Às vezes, durante o verão, levantava nas noites de ar sufocante e andava descalça à sombra das árvores do jardim, com a corda bem presa ao corpo debaixo das roupas. Atravessava o campo, fazia a volta no topo da colina e me aproximava das fazendas, em cujas janelas se viam algumas velas ainda acesas, os pássaros noturnos circulando no ar. Pensava nas crianças dentro das casas, que tomavam leite quente ou brigavam com seus irmãos, não deixando que lhes tirassem os piolhos ou trançassem seus cabelos, junto a lareiras, estufas e fogões enquanto os cães deitados nas portas das casas olhavam fixamente para a escuridão, com a cabeça apoiada nas patas. Eu andava em zigue-zague entre as cabanas, com cuidado, ao longo das paredes dos estábulos, para ver se encontrava algo de comer ou de valor, me mantinha fora do alcance dos animais de guarda e fui ficando mais habilidosa em me movimentar sem fazer ruído. Sempre regressava para Lilltuna ao amanhecer.

FONTES
Fakt e Heldane Text
PAPEL
Avena
IMPRESSÃO
Lis Gráfica

FSC
www.fsc.org
MISTO
Papel | Apoiando o manejo florestal responsável
FSC® C112738